어쩌다
초능력

어쩌다 초능력

김이환

◆

박한선

◆

정해연

◆

정명섭

◆

전건우

팀

차례

김이환

동전의 앞면이
나올 확률은
2분의 1

현우가 좀 이상했지만, 크게 걱정할 일은 아니라고 민준은 생각했다. 뭐 곧 멀쩡해지겠지. 민준은 매사에 걱정이 없는 편이었고, 그건 민준의 부모님도 그랬다. 중학교 2학년이면 공부할 것도 많고 신경 쓸 일도 많았지만 민준의 부모님은 항상 모든 일을 너무 걱정하지 말라고 했다. 그래서 여름 방학이 며칠 지났을 무렵, 같은 반이고 같은 영어 학원에 다니는 친구 현우가 이상한 말을 하기 시작했을 때도 민준은 그리 신경 쓰지 않았다. 현우는 원래 엉뚱한 아이니까 가끔 황당한 말을 할 때도 있는 것이다.

"요즘 내 머리가 좀 이상한 것 같아."

현우는 좀 소심한 편이어서 종종 민준을 붙잡고 별 의미 없는

푸념을 하곤 했다. 얼굴이 부었는데 심각한 병은 아니겠지? 오늘 입고 온 옷 이상하지 않아? 인터넷에서 본 외계인 다큐멘터리가 신경 쓰여서 잠을 못 잤어……. 뭐라고 대답을 해야 좋을지 모를 고민을 털어놓다가도 곧 자기가 그런 말을 했는지조차 잊어버리곤 했다.

"머릿속에서 이상한 소리가 들려."

이번엔 특히 이상한 고민이었지만, 또 장난일 수도 있었다. 때때로 현우는 급식 반찬이 갈비찜으로 바뀌었다는, 눈에 뻔히 보이는 유치한 거짓말을 하며 장난을 쳤으니까. 민준은 그런 식의 장난을 좋아하지 않았지만 친구끼리는 서로에게 유치한 장난을 치고 또 서로 참아 주기 마련이었다.

민준이 헛소리하지 말라고 면박을 주자 현우는 우물우물 대꾸하려다가 입을 다물었다. 하지만 학원 수업이 끝나고도 계속해서 이상한 소리가 들린다고 하더니 잠깐 같이 갈 데가 있다며 민준을 끌고 갔다. 둘은 시간이 남을 때 학원 주변을 돌아다니다가 집에 들어가곤 했으니 특별한 일도 아니었다.

도착한 곳은 함께 자주 가는 패스트푸드점이었다. 둘은 콜라와 자몽에이드를 하나씩 들고 시원한 에어컨 바람이 나오는 자리에 앉았고, 곧장 현우가 속삭이듯 말했다.

"여기야. 이상한 소리가 들리는 곳이. 너는 소리 안 들려? 지하철 안내 방송 같은 목소리 안 들려? 여자 목소리인데."

당연히 민준에게는 옆 테이블에서 시끄럽게 떠드는 말소리와 음악 소리, 밖에 차 다니는 소리만 들렸다. 아주 작게 들리는 소리인가 해서 귀를 기울였지만 현우는 그게 아니라고 했다.

"아니, 누구나 들을 수 있을 만큼 큰 소리야."

무척 긴장한 얼굴에 말투도 겁에 질려 있어서 얘가 왜 이러나 싶었다. 그 목소리가 뭐라고 말하는지를 물으니, 현우의 대답이 걸작이었다.

"이 소리가 들린다면 당신은 초능력자입니다.' 이렇게 말해."

민준은 음료를 마시다 웃음이 터져 나왔고 사레가 들려서 한참 기침했다. 헛소리하지 말라고 외치며 현우의 머리를 한 대 때리려는데 현우가 얼른 손으로 막았다. 둔한 민준과 달리 현우는 동작이 무척 빨랐다. 미친 거 아니냐는 민준의 말에 현우가 조심스럽게 대답했다.

"나 안 미쳤어. 정말 목소리가 들려. 그런데 밖에서 들리는 소리가 아니라 머릿속에서 들려. 또렷하게."

이상한 소리가 들린다는 것도 웃기고, 게다가 초능력자라니? 도대체 무슨 방송이 나오고 있다는 건지 정확히 설명해 달라고 하자 현우가 말했다.

"이 소리가 들리는 사람은 초능력자입니다. 소리가 들리는 즉시 관계 부처에 신고하시기 바랍니다. 공중전화로 112에 전화를 걸어 다시 112를 두 번 더 누르면 됩니다. 반드시 신고하셔야 합니다. 신고하지 않으면 초능력자 관리법에 따라 처벌받을 수 있습니다……."

유치하다 못해 민망한 장난이었는데, 현우의 겁에 질린 표정 연기가 하도 그럴듯해서 민준은 한번 속아 주기로 했다.

"그럼 신고하러 가야지. 공중전화가 어디에 있어? 한 번도 안 써 봤는데. 핸드폰으로 전화하면 안 되나?"

"하지만 공중전화로 하라고 방송이 나오고 있으니까……. 공중전화가 거기 있는 거기 건물 앞에 있지 않나?"

"거기 있는 거기라고 하면 내가 어떻게 알아들어?"

민준은 잔뜩 긴장한 현우와 함께 공중전화를 찾아갔다. 현우가 말한 곳은 패스트푸드점과 가까운 교회 앞 공중전화였는데, 둘 다 전화기에 넣을 동전이 없다는 걸 공중전화 부스 앞에 와서야 알았다. 현우는 민준이 있는 줄 알았다고 했고, 민준은 전화를 걸 사람은 현우인데 왜 내가 동전을 가지고 있어야 하냐고 따졌다. 웃긴 건 112는 동전이 없어도 전화를 걸 수 있다는 것이다. 긴급 통화 버튼을 누르면 신호가 울렸다.

민준이 말했다.

"원래 112는 돈 없이도 걸 수 있던가?"

"써 본 적 없어. 모르니까 묻지 마."

수화기를 든 현우가 신경질을 내며 버튼을 눌렀다. 장난이라면 신경질까지 내진 않을 텐데, 현우는 수화기를 들고 땀을 뻘뻘 흘리며 긴장하고 있었다. 민준은 소심하고 예민한 현우가 까칠하게 굴 때면 입을 다문 채 현우의 말을 가만히 들었고, 그러다 보면 현우의 짜증도 금방 풀어졌다. 하지만 이번이 장난이라면 같이 호들갑을 떨어 줘야 현우도 장난치는 재미가 있을 것이다. 어쩌면 좋지? 가만히 있을까, 맞장구를 칠까. 하지만 왜 하필 초능력이 생겼다는 장난일까? 차라리 로또가 됐다고 하면 믿어 줄 텐데. 아니면 여름이니까 귀신을 봤다고 하던가. 뜬금없이 초능력이라니. 현우가 천천히 112를 누르고, 다시 112를 조심스럽게 누르는 모습을 민준은 말없이 지켜보았다.

전화기에서 뭐라고 하느냐는 민준의 물음에 현우가 대답했다.

"아무 말 없어. 삐삐 소리만 나고……. 사람 목소리는 안 들려."

민준이 수화기를 건네받아 귀에 대 보니 역시 삐삐삐 전자음 소리만 들렸다. 두 사람은 덥고 냄새나는 공중전화 부스 안에서 한동안 고민하다가 별수 없이 집으로 발걸음을 옮겼다.

갈림길에서 헤어지기 전, 민준은 현우에게 물었다.

"그런데 너는 무슨 초능력이 있는 거야? 초능력도 종류가 많잖아. 너는 뭘 할 수 있어?"

"아까 내가 말했잖아."

아무 설명도 하지 않았으면서 현우는 분명 말했다고 우겼다. 민준은 아무 말도 못 들었다며 따졌고, 현우는 분명 말했는데 민준이 잊어버린 거라며 맞받아쳤다. 둘은 한동안 서로 자기가 옳다고 우겼다. 이윽고 현우가 말했다.

"맥도날드에서 말했잖아. 안내하는 목소리가 '이 소리가 들리는 당신은 텔레파시 초능력자입니다.'라고 말한다고 내가 말했잖아."

민준이 큭큭 웃자 현우는 기분이 상했는지 말없이 집으로 가 버렸다. 집에 도착한 민준이 현우에게 화났냐고 문자를 보냈지만 답이 없다가 밤늦게야 괜찮다고 답장이 왔다. 하지만 텔레파시 이야기는 더 이상 하지 않아서, 역시 장난이었나, 민준은 생각했다.

다음 날에도 학원에 오자마자 현우는 초능력이 어쩌고저쩌고 계속 말을 걸었다.

"텔레파시라면 같이 텔레파시가 통하는 사람과만 대화가 되겠지? 통하지 않는 사람과도 대화가 되면 편할 텐데. 그렇지 않아? 하지만 텔레파시로 사람의 마음을 읽을 수 있다면 그건 마인드 컨트롤과 다를 게 뭐야? 아! 혹시 텔레파시가 결국 마인드 컨트롤과 같은 능력일까?"

어제의 장난이 계속 이어지니 민준은 슬슬 짜증이 났다. 듣기 싫어하는 티를 내도 현우가 말을 끊지 않았다. 수업 시간 내내 말을 걸어서 나중에는 짜증이 나다 못해 안타까울 지경이었다.

민준이 말했다.

"네가 정말 초능력자라면 텔레파시로 지금 내가 무슨 생각 하는지 맞혀 봐."

"그건 텔레파시가 아니라 마인드 컨트롤이라니까."

그래도 한번 해 보라고 민준은 말했다. 맞히지 못하면 초능력이고 뭐고 아무 쓸모 없지 않으냐고 쏘아붙여서 현우의 입을 다물게 하고 싶었다. 현우는 민준의 생각을 맞히겠답시고 눈을 감고 인상을 쓰면서 정신을 집중했는데, 그 모습을 보고 있자니 민준은 짜증도 나고 한편으로는 걱정도 됐다. 자기가 진짜 초능력자라고 믿나? 장난이라기엔 지나치게 진지했다. 최근에 현우가 다른 이상한 행동을 했던가?

수업이 거의 끝나 갈 무렵, 선생님이 예고에 없던 쪽지 시험을 보겠다고 해서 아이들이 아우성치며 불만을 쏟아 냈다. 선생님은 시험 점수가 부모님께 전달되니 다들 정신 똑바로 차리고 시험을 보라며 아이들의 짜증을 더 돋웠다. 민준도 초능력 걱정은 접어 두고 시험지를 받아 문제를 풀기 시작했다. 그런데 머릿속에서 갑자기 삐삐 소리가 들리기 시작했다.

어제 공중전화 수화기에서 들었던 전자음이 작게 들리더니 소리가 점점 또렷해졌다. 어디서 들리는 소리지? 주위를 둘러보았지만 다른 아이들은 시험지에만 집중하고 있었다. 그때, 민준을 보고 있던 현우와 눈이 마주쳤다.

'들려?'

민준은 그 순간 자신이 자리에서 펄쩍 뛰어오르지 않은 걸 두고두고 이상하게 생각했다. 정말 놀랄 일이었으니까. 현우의 목소리가 머릿속에서 들렸다. 외부에서 들리는 소리와는 확실히 다르게 분명 머릿속에서 울리는 소리였다.

'2번 문제 답 뭐야? 지문이 너무 길어. 샤워할 때야, 양치질할 때야? 잘 모르겠어.'

상황은 비현실적인데 텔레파시로 들리는 말은 너무 현실적이어서 민준은 얼떨결에 대답했다.

'양치질할 때잖아. 4번이야.'

'굳이 나를 보면서 대답할 필요 없어. 다 들리니까. 나를 계속 보고 있으면 커닝하는 것 같잖아. 5번이 양치질할 때 아니야?'

현우의 말대로 텔레파시니까 굳이 얼굴을 보며 말할 필요는 없었다. 시험지를 향해 얼른 고개를 숙인 뒤 슬쩍 눈을 들어 선생님의 눈치를 살폈다. 선생님은 핸드폰을 들여다보고 있었다. 민준은 텔레파시로 대답했다.

'5번은 샤워할 때 수도꼭지를 잠그라는 뜻이고, 4번이 양치질할 때 수도꼭지를 잠그라는 뜻이니까 4번이 답이야.'

둘은 한동안 텔레파시로 대화했고, 할수록 능숙해져서 소리도 점점 더 또렷하게 들렸으며, 정신을 덜 집중해도 대화가 가능했다. 서로 모르는 문제의 답을 알려 줘서 시험도 잘 봤다.

학원 수업이 끝나고 나란히 집으로 걸어가면서도 계속 텔레파시를 시험했는데, 현우 역시 민준이 점점 자신의 텔레파시에 주파수를 잘 맞춰서 소리가 또렷하게 들린다고 평가했다. 민준이 되물었다.

"주파수를 맞추는 게 뭐야?"

"너한테 집중할 때는 텔레파시 능력을 세밀하게 조절하는 기분이 들거든. 처음 너한테 말을 걸 때도 그랬어. 시험 시작하고 다들 자기 시험지에 집중하면서 강의실이 조용해지니까, 모든 사람의 생각이 나한테 들리기 시작했어. 또렷하지는 않고 웅성웅성 울리는 목소리로. 그중에 네 목소리에 집중한다고 생각하니까 네 생각이 들리기 시작했어. 말을 걸었더니 네가 돌아봤고."

"너한테 텔레파시 능력이 있으니까, 경찰에 신고해야 하나? 하지 않으면 처벌받는다고 했잖아."

"꼭 해야 하나……. 신고하면 어떻게 될까?"

"그건 신고해야 알지."

초능력에 대해 말하는 동안에는 환했던 현우의 표정이 순식간에 어두워졌다. 꼭 신고해야 하고 안 하면 처벌받는다니 생각할수록 너무 무섭다고 현우는 속마음을 털어놓았다. 민준도 덩달아 마음이 무거워졌다. 둘은 다시 112에 전화해 볼까 하다가 그만뒀다.

▲ ▼ ▲ ▼ ▲

왜 초능력자가 존재한다는 걸 아무도 모를까? 민준은 곰곰이 생각했다. 이상한 점이 많았다. 세상에 초능력자가 존재하고 심지어 정부에서 관리할 정도라면, 적어도 카더라식 소문 정도는 돌아야 하지 않나? 수업 시간에 텔레파시로 떠들다가 소리 내 웃는 바람에 선생님에게 혼났다는 말이나, 수능 시험 때 텔레파시로 커닝하다가 들켜 퇴장당했다는 말은 들어 본 적이 없었다. 그리고 왜 현우에게만 초능력이 있고 민준에게는 없을까? 초능력이 없으니 질투해야 하나. 아니면 경찰에 신고하지 않아도 돼서 다행이라고 생각해야 할까.

다음 날 저녁, 현우 역시 민준과 같은 고민을 했다는 걸 알게 되었다. 현우가 인터넷으로 다른 초능력자가 있는지, 정말 신고

하면 나라에서 관리하는지 열심히 찾다가 신기한 유튜브 채널을 봤다며, 민준에게 텔레파시로 말을 걸고 카톡으로 링크를 보낸 것이다. 처음에는 현우가 링크를 잘못 보낸 줄 알았다. 비트코인 투자 방법만 잔뜩 있는 채널이었다.

'이게 무슨 초능력 유튜브 채널이야?'

민준의 마음을 읽은 현우가 다시 잘 살펴보라고 텔레파시로 대답했다. 채널 이름은 '세상의 이치'였고, 채널 주인의 닉네임은 '비트코인 마스터'였다. 정말 전혀 신뢰가 가지 않는 닉네임이었다. 채널의 동영상은 대부분 프리메이슨이나 유에프오, 평평한 지구론, 로또 번호 조작설 같은 음모론과 비트코인 정보였다. 그 사이에 초능력에 관한 동영상이 몇 개 있긴 했지만 그 수가 너무 적었다. 이게 무슨 초능력 채널이냐고 묻자, 현우가 대답했다.

'쓸데없는 동영상 사이에 초능력에 대한 동영상을 숨겨 놓은 거지. 그래서 나는 더 진짜 같아.'

텔레파시로 현우 목소리가 정말 선명하게 들렸고, 감정도 같이 느껴지는 것 같았다. 현우는 무척 흥분해 있었다.

민준은 현우가 골라 준 동영상을 클릭했다. 조악한 사진과 폰트에 채널 운영자인 남자 음성 내레이션이 더해진 영상은 초능력이란 무엇인가를 시작으로 역사 속 초능력자의 기록과 지금까지 알려진 초능력의 종류 등을 설명했다. 현우는 편집이 좀 조잡하긴 해도 정보까지 조잡한 건 아니라고 했다. 동영상에 따르면 지금까지 총 아홉 가지 초능력이 발견됐으며 텔레파시도 그중 하나였다. 동영상을 보다가 모르는 단어가 나와서 민준은 현우에게 물었다.

'사이코키네시스가 뭐야?'

'염력.'

'염력이 뭐야?'

'화면 아래에 마음으로 물체를 움직이는 능력이라고 자막 달려 있어. 학원 다니면서 지문 읽는 법 배우면 뭐 하니? 이런 동영상도 제대로 이해 못 하면서.'

현우의 타박에 민준은 어이가 없었다. 유튜브 동영상을 볼 때마저 시험 지문 읽듯이 주의해서 보란 말이냐! 민준이 신경질을 내자 현우는 알았다면서 말을 이었다.

'사이코메트리는 물체를 만지면 그 물체와 관련된 정보를 알 수 있는 능력이잖아. 드라마나 웹툰에도 가끔 나오고. 그런데 지금까지 발견된 사이코메트리 초능력자는 거의 없대. 다른 초능력 중에는 순간 이동도 있어. 학교랑 학원 가기는 정말 편하겠다. 날도 더운데 순간 이동할 수 있으면 좋겠어. 그리고 예지, 투시, 마인드 컨트롤 같은 것도 있고.'

'환영도 있네. 다른 사람에게 환상을 보여 주는 능력은 어떤 쓸

모가 있을까? 환영으로 사람을 속여서 조종할 수 있을까?'

동영상 속 설명에 따르면 텔레파시가 가장 흔한 능력이고, 그 다음이 염력과 투시 능력, 가장 드문 초능력은 미래를 예언하는 예지 능력이라고 했다. 그리고 아직 알려지지 않은 아홉 번째 능력이 있는데, 어떤 능력인지 추측하기 어렵지만 틀림없이 존재하며 연구자들이 찾고 있다는 설명도 있었다. 황당한 설명이라 민준은 현우에게 물었다.

'있긴 한데 뭔지는 모른다는 말이 무슨 말이야?'

'나도 몰라. 그것보다 중요한 건 그다음 내용이야. [만약 초능력이 있으면 어떻게 해야 할까요.]라는 내레이션이 나오는 부분에서 정지하고 이미지를 자세히 봐.'

화면에는 무슨 말인지 모를 한글과 알파벳, 숫자가 어지럽게 쓰인, 그냥 그럴듯하게 만들어 놓은 이미지가 있었다. 자세히 보면 암호가 숨어 있다나?

'이미지 오른쪽 아래에 숫자가 있잖아. 112, 112, 112라고 씌어 있어. 초능력 신고 번호잖아. 초능력자들만 알 수 있게 암호처럼 숨겨 놓은 거야.'

현우 말대로 112가 쓰여 있었다. 동영상도 신기했지만 그걸 알아본 현우도 신기했다.

'봐, [초능력자가 정말 존재한다면 정부가 관리하려 할 것이 당연합니다. 방치해 두면 초능력을 이용해 범죄를 저지를 수도 있으니까요. 정부가 초능력자들을 잘 관리하면 그들을 전쟁에 투입할 수도 있겠죠.]라고 말하잖아. 이건, 신고하면 정부 관리 대상이 된다는 뜻이야.'

'그럼 신고하면 초능력 전쟁에 참전하는 군인이 될까?'

'그럴지도 몰라.'

민준은 초능력으로 싸우는 전쟁이라면 위험하지 않을 것 같다고 생각했지만, 현우는 오히려 더 위험할지도 모른다고 말했다.

'동영상을 계속 보면 이런 말을 해. [혹은 실험 대상이 될지도 모릅니다. 초능력을 증폭하는 방법이나 초능력이 없는 사람에게 이식하는 방법을 실험할 대상이 필요하니까요. 그러니 초능력자라는 사실을 섣불리 정부에 알려서는 안 됩니다. 물론 이건 모두 제 상상일 뿐입니다.]라고. 이건 절대로 신고하지 말라는 거야.'

현우는 무섭다고 했고, 민준도 현우가 실험 대상이 될 수 있다는 사실에 두려워졌다. 초능력 전쟁에, 관리 대상에, 실험에, 이게 다 무슨 일이지 싶었다. 어찌 됐든 이건 분명 현실이었다. 현우는 초능력자였고 초능력자는 정부에 신고하라는 방송을 들었으니까.

'비트코인 마스터의 주장은 이거야. 원래 초능력은 하나의 큰 힘이기 때문에 그 능력들이 완전히 나뉘어 있지 않고, 각각 다른 초능력이 사람마다 다르게 발현되는 거래. 하나를 쓸 수 있으면 다른 능력도 어느 정도 발휘할 수 있대. 그러니까 다른 초능력에도 도전해 보라고 하더라고. 가장 쉬운 초능력은 동전을 던져서 열 번 연속으로 앞면이 나오게 하기래.'

동전의 앞면이 나올 확률은 2분의 1, 열 번 연속으로 나올 확률은 1024분의 1로 극히 드물다. 그런데 만약 앞면이 연달아 열 번 나오는 일이 일어나면 확률 계산이 무의미한 상황, 즉 초능력에 가깝다는 것이다.

'그래서 해 봤어? 됐어?'

'응. 처음엔 어려웠는데 조금씩 앞면이 나오는 확률이 올라갔어.'

현우의 말에 소름이 돋았다. 거짓말이 아닌 것 같았다. 현우는 다른 사람의 동전도 조종할 수 있다고 동영상에 나와 있어 민준에게 시험해 보고 싶다고 말했다. 민준은 급하게 동전을 찾았지만 방 어디서도 동전을 찾을 수가 없었다.

'너는 왜 동전을 안 가지고 다녀?'

현우는 타박하고, 민준은 신경질을 내다가 동시에 웃음이 터졌다. 겨우 100원짜리 동전을 찾아냈고, 현우가 보내는 신호에 맞춰 민준은 동전을 던졌다.

'그런데 어디가 앞면이야?'

'인터넷을 찾아봤는데, 동전은 사람 얼굴이 앞면이래.'

처음 몇 번은 앞면의 사람 얼굴과 뒷면의 숫자가 번갈아 나왔다. 현우는 실망하면서 혹시 거짓말하는 거 아니냐고 민준에게 물었다. 민준은 내가 왜 거짓말을 하겠느냐고, 너야말로 거짓말하는 거 아니냐고 따져 물었다.

'네가 날 놀리고 있는 거 아냐? 나, 지금 미친 사람처럼 방에서 혼자 계속 동전 던지고 있잖아.'

현우가 낄낄 웃었다. 웃을 때는 텔레파시에 집중이 잘 안 되는지 소리가 작게 들렸다가 웃음을 멈추고 말을 시작하면 목소리가 커졌다.

'알았어. 다시 신호할 테니까 던져.'

이번에도 잘 안되다가 열 번 넘게 던지자 앞면이 많이 나오기 시작했고, 서른 번이 넘어가자 계속 앞면만 나왔다. 여섯 번 연속으로 동전의 앞면이 나올 때부터 소름이 돋았고, 열 번 채웠을 때는 무서워서 한동안 말이 안 나왔다.

현우가 말했다.

'이건 간단한 초능력이고, 정말 강력한 초능력자는 상상하기 어려운 일도 할 수 있대.'

'지금도 대단한 것 같은데.'

실험은 거기서 끝났다. 저녁을 먹을 시간이기도 했거니와 피곤하고 무섭기도 했다. 대화를 끝내려고 하는데, 현우가 자기를 경찰에 신고하지 말라고 당부해서 민준은 황당했다.

'내가 신고를 왜 해.'

'경찰에 잡혀갈까 봐 무서워. 비트코인 마스터가 그러는데 초능력자를 잡아간 다음에 비슷한 사람으로 대체하기도 한대. 환각을 만드는 초능력을 사용해서 가족까지 감쪽같이 속인대.'

민준은 말도 안 된다고 생각했다. 사람을 바꿔 놓고 초능력으로 속인다니, 말이 되나? 유튜브에 나오는 정보를 다 믿으면 안 될 것 같았다. 그리고 가만히 있으면 텔레파시 초능력자인지 어차피 모를 것 아닌가? 그걸 경찰이 어떻게 알 수 있겠어?

하지만 현우는 심각했다.

'만약 내가 잡혀가면 네가 구하러 와야 해. 알았지?'

'어떻게 구해?'

'인터넷에 친구가 잡혀갔다고 알리면 사람들이 도와주지 않을까?'

도와주긴커녕 미친 사람 취급만 당할 것이다. 생각해 보니 누군가는 초능력에 관한 정보를 인터넷에 남길 만도 했다. 현우처럼 경찰에 신고하지 않고 인터넷에 글을 남길 수도 있으니까. 하지만 아무리 인터넷을 검색해도 그런 글은 어디에도 없다. 정말 경찰이 다 지우는 것일까? 생각할수록 무서웠다.

현우가 텔레파시로 말했다.

'이 방법은 어때? 텔레파시로 확인하는 거. 내가 너한테 항상 집중하고 있을 테니까 너도 나에게 집중한 채로 동전을 던져서 앞면이 열 번 나오지 않으면 내가 잡혀갔다는 걸로 아는 거.'

그게 될까? 아무튼 대화는 거기서 끝났다. 민준은 너무 걱정하지 말자고 다짐했다. 설마 무슨 일이 일어나겠어, 그렇게 생각하고 잊어버렸다.

그런데 며칠 후 현우가 학원을 결석했다.

처음에는 아파서 못 오거나 집에 다른 일이 있는 줄 알았다. 그런데 카톡을 보내도 답이 없었다. 나중에 현우 어머님이 학원으로 전화해 현우가 감기에 걸려 며칠 학원에 못 갔다고 말씀하셔서 그런가 보다 했다. 하지만 현우는 계속 답이 없었다. 그냥 감기겠거니 하고 대수롭지 않게 넘기려고 해도 자꾸 마음에 걸렸다. 카톡 한 통쯤이야 어렵지 않고, 텔레파시도 할 수 있잖아. 한번 생각에 빠지면 헤어 나올 수가 없었다.

사흘이 지나고 마침내 현우가 학원에 나왔을 때 민준은 얼른 말을 걸고 싶었다. 하지만 현우가 평소보다 학원에 늦게 온 데다가 민준 근처에 앉질 않았다. 다른 사람과 말을 하고 싶어 하는 표정이 아니어서 말을 걸기도 어려웠다. 수업이 끝나고 집에 같이 가려고 했는데 현우는 말없이 먼저 가 버렸다.

그쯤 되니 민준은 내가 뭐 잘못했나 싶어 얼른 따라가서 물었다.

"내가 뭐 잘못했어?"

"응?"

현우는 그냥 혼자 가고 싶어서 그랬다고 대답했다. 말을 하면 할수록 현우가 평소와 다르다는 느낌을 받았다. 뭘 물어보면 조금 멍한 얼굴로 대답했다. 하지만 현우는 항상 멍하고 이상한 구석이 있었으니까……. 어딘가 위화감이 느껴졌는데, 현우는 대화를 피한다기보다는 민준에게 별로 관심이 없어 보였다. 그래서 초능력에 대해서는 얘기할 엄두가 나질 않았다.

민준이 잘 알던 현우가 아니라 다른 사람 같다는 생각이 들었을 때, 이렇게 물어보았다.

"머리 아픈 건 괜찮아?"

"괜찮아졌어."

현우의 무심한 대답에 놀라다 못해 허탈했다. 현우는 머리가 아픈 게 아니었으니까, 정말 아무 대답이나 한 것이다. 갈림길에서 집을 향해 걸어가는 현우의 뒷모습을 보는데 뭘 어째야 좋을지 알 수가 없었다.

민준은 집에 돌아와서, 이상한 일이 생겼을 때 현우가 하자고 약속한 대로 해 보았다. 현우에게 온정신을 집중해 보아도 현우의 목소리가 들리지 않았고, 동전을 던져도 열 번 연속으로 앞면이 나오지 않았다.

그 후로 현우는 초능력 이야기는 전혀 하지 않고 애초에 그런 일은 없었던 듯이 굴었다. 이전처럼 민준에게 친하게 굴지도 않고, 귀찮게 말을 걸지도 않고, 엉뚱한 말을 하지도 않았다. 민준은 혼란스러웠다. 현우가 말했던 것처럼 경찰에게 잡혀갔던 걸까? 진짜 현우는 감금해 놓고 가짜 현우를 데려다 놓았을까? 민준도 환각 초능력에 속고 있는 걸까? 민준은 현우가 알려 준 유튜브 동영상을 반복해서 보고 다른 동영상은 없는지 검색하다가 한 이메일 주소를 발견했다.

유튜브 채널 운영자의 이름 '비트코인 마스터'로 검색했는데 신기하게도 같은 닉네임의 유저가 운영하는 블로그가 나온 것이다. 같은 사람이 분명한 것 같아 블로그 주소이기도 한 이메일 주소로 초능력에 대해 더 알고 싶다는 메일을 보냈더니 바로 답장이 왔다. 민준이 친구 때문에 상담하고 싶다고 대충 상황을 설명하자 비트코인 마스터는 현우가 상당히 위험한 상태라고 했다. 그리고 자세한 설명은 반드시 만나서 말해야 한다며 민준이 사는 곳 근처에서 만나자고 민준을 설득했다. 민준은 낯선 어른을 갑자기 만나기가 내키지 않았지만, 큰길이나 사람 많은 곳에서 보면 위험하진 않을 것 같았다. 그리고 현우가 정말 위험한 상황인지도 궁금했다.

가장 크게 놀란 건 민준이 비트코인 마스터와 만날 약속 장소를 정할 때였다. 민준이 사는 동네의 맥도날드에서 만나면 어떠냐고 물었더니 그곳은 절대 안 된다고, 안내 방송이 들리는 곳이 정부의 초능력자 감시가 극심한 곳이라고 했다. 거기가 초능력 안내 방송이 나오는 곳인 줄 이미 알고 있다니! 비트코인 마스터는 분명 초능력자고, 민준이나 현우보다 더 많은 정보를 알고 있는 것이 확실했다.

학원 수업이 끝나고 약속 장소인 지하철역 앞에서 그를 기다리는데, 나타난 사람은 하나가 아니라 둘이었다. 예상치 못한 일이라 느낌이 좋지 않았다. 한 사람은 뚱뚱한 체격에 머리를 샛노랗게 염색한 남자였고, 다른 한 사람은 마른 체격에 선글라스를 쓴 남자였는데, 짧게 자른 머리에 헤어젤인지 뭔지를 잔뜩 발라서 머리카락이 번뜩였다. 둘 다 30대 초반 정도로 보였고, 민준보다 키가 작았다. 염색한 머리 쪽은 말을 별로 하지 않았고 선글라스를 쓴 남자가 주로 말했다.

큰길이나 사람이 많은 곳에서 만나고 싶다고 메일로 분명히 말했고 비트코인 마스터도 그러겠다고 했는데도, 이들은 만나자마자 인사도 없이 민준을 골목으로 데리고 갔다. 그 끝에 보이는 공사장이 안전하겠다면서 안으로 들어갔다. 꼭 사람을 만나는 게 아니라 어디로 잡혀가는 기분이었다. 그렇다고 완전히 외진 공사장도 아니어서 민준은 문제가 생기면 바로 큰길로 나가서 도망치자 마음먹었고 뒤따라 들어갔다.

다행히 공사장에서 민준에게 협박하거나 겁을 주거나 하진 않았다. 그들이 하는 말이 무섭긴 했다.

선글라스를 쓴 남자가 말했다.

"내 이름은 카우보이야. 본명을 쓰면 경찰이 추적할 수 있어서 별명을 쓰고 있어. 저쪽은 테디베어. 나는 염력이 있고, 테디베어는 텔레파시 능력이 있어. 네 생각대로 친구는 경찰이 잡아갔을 거다. 지금 있는 친구는 가짜야."

카우보이가 말하는 동안 테디베어는 산만하게 주변을 돌아다녔다. 그들을 감시하는 초능력이 있는지 알아내려고 돌아다니는 거라고 했다. 두 사람의 말과 행동이 장난 같기도 하고, 아무튼 무섭고 이상했다. 카우보이가 왜 그렇게 땀을 흘리냐고 물었을 때 민준은 그냥 더워서 그렇다고 말했다.

카우보이는 말했다.

"전 세계는 우리 눈에 보이지 않는 초능력 전쟁 중이야. 미국, 중국, 북한, 한국, 일본, 러시아, 유럽 연합, 나이지리아, 남아프리카 공화국, 브라질까지 모두가 서로와 싸우고 있지. 정부에서 초능력자를 잡아다 관리하고 있어. 초능력자를 주로 전쟁에 이용하지만 다른 일에 쓰기도 해. 쓸모가 많으니까. 지금 밖에 있는 현우는 정부가 만든 가짜다. 너나 현우의 부모, 주변 사람들이 가짜 현우를 못 알아보는 이유는 마인드 컨트롤 능력으로 주변 인물의 생각과 마음을 억제하고 있어서야."

"억제요?"

"의심하지 못하게 억제하는 거지. 네 친구는 발전소에 갇혀 있어. 발전소는 초능력을 이용해서 전기를 만드는 곳이야. 원자력이 아니라 초능력으로 모터를 돌려 전기를 생산한다고. 네 친구는 분명 발전소 배터리로 사용되고 있을 거야."

사람이 발전소 부품으로 쓰인다니 믿어지지 않았다. 심장이 벌렁대고 숨도 가빠져서 제대로 서 있기 힘들 정도였다. 믿기 어렵다고 말하자 카우보이가 대답했다.

"내가 왜 거짓말을 하겠어? 정부는 모든 국민을 초능력으로 감시하고 있어. 초능력을 사용하면 반드시 추적당해. 본인이 자진 신고하지 않아도 언젠가 경찰이 찾아오게 되어 있어. 네 친구도 초능력을 썼겠지?"

여러 번 썼다는 민준의 말에 카우보이가 고개를 끄덕였다.

"너는 초능력이 없으니까 잡아가지 않았군. 정부도 네 친구와 네가 초능력을 같이 쓴 줄은 모르는 거야. 아무래도 함께 사는 가족만큼 철저하게 관리하지는 않아서 네가 가짜 현우의 이상한 점을 눈치챈 거 같아."

몸이 덜덜 떨리기 시작했다. 전쟁, 가짜 친구, 세뇌……. 믿어지지 않는 이야기였지만 정말 사실일지도 몰랐다.

"초능력 전쟁이 정확히 뭔가요? 전쟁이 끝나면 어떻게 돼요? 현우는 풀려나나요?"

"승리한 국가가 세계를 지배하게 될 것이다. 정부는 전쟁에서 반드시 이기려고 혈안이 돼서 초능력자를 잡아들이는 거야. 그대로 두면 현우는 발전소에서 식물인간이 되거나 더 강한 초능력자에게 마인드 컨트롤로 조종당하는 마네킹 같은 인간이 되겠지. 전쟁이 끝나고 초능력의 존재가 세상에 드러나면, 정부는 초능력자가 보통 사람을 지배하는 세상을 만들 거야. 그런 세상을 만들면 안 돼. 우리가 정부와 싸우는 것도 그 때문이야. 우리는 모든 국가와 전쟁 중이야. 잡혀 있는 초능력자를 구출하고, 어느 한 나라가 세상을 지배하는 것이 아닌, 모두의 세계가 되도록 싸우는 거야. 너도 친구를 구하고 싶지?"

"네."

카우보이의 말에 따르면 현우를 도와줄 사람이 민준밖에 없었다. 그렇다면 무서워도 꼭 해야 한다. 하지만 뭘 어떻게 하란 말인가? 민준은 초능력도 없고 어른도 아니고 아무것도 아닌, 그냥 현우의 친구일 뿐이었다.

"중요한 역할을 할 수 있어. 스파이가 되는 거야."

"내, 내가 어떻게요?"

"발전소에 들어가서 정보를 가지고 오면 돼."

"저는 초능력이 없는데 어떻게 발전소에 들어가요? 현우 친구라고 하면 들여보내 줄까요?"

"우리가 초능력을 빌려줄게."

주변을 계속 돌아다니던 테디베어가 다가오더니 오른쪽 관자놀이에 검지를 얹고 민준을 쳐다보기 시작했다. 정말 당황스러운 일의 연속이었다.

카우보이가 말했다.

"유튜브 동영상에서 내가 설명했는데, 기억나? 지금까지 아홉 개의 초능력이 알려졌지만, 마지막 하나의 능력이 뭔지는 아무도 모른다고 했던 거. 그건 초능력을 공유하는 능력이야. 다른 사람과 초능력을 공유해서 초능력자가 아닌 사람도 초능력을 쓸 수 있어. 우린 공유 능력이 있는 초능력자가 다른 초능력자의 초능력을 결합해서 거대한 초능력 시스템을 만들었어. 시스템에 접속하려면 암호명이 있어야 한다. 너에게는 '타이거'라는 암호명을 주마. 정신을 집중하면 곧 삐삐삐 소리가 들릴 거다."

곧장 민준의 머릿속에 삐삐삐 소리가 들리더니 자신의 목소리가 들리냐는 카우보이의 목소리가 들렸다. 민준은 머릿속으로 들린다고 대답했다.

카우보이가 말했다.

"너와 초능력이 공유됐다. 너도 간단한 염력을 사용할 수 있을 거야. 시험해 보자. 동전 있니?"

민준이 주머니에서 100원짜리 동전을 꺼내자 카우보이가 던져서 다시 받았을 때 앞면이 나오도록 해 보라고 말했다.

"유튜브에서 설명했던 것처럼 동전 앞면의 숫자가 열 번 연속으로 나오면 염력이 생긴 거다."

"숫자요? 숫자가 앞면인가요? 사람 얼굴이 앞면 아니고요?"

민준의 말에 카우보이와 테디베어가 웃음을 터트렸다.

"동전은 숫자가 중요하잖아. 10원인지 100원인지 500원인지 알려 주는 숫자가 당연히 앞면이지, 어떻게 사람 얼굴이 앞면이 겠어?"

▲ ▼ ▲ ▼ ▲

다음 날 현우는 또 학원에 오지 않았다. 가족 여행을 가서 일주일간 학원에 안 온다는 소식이 전해졌다. 민준이 직접 연락해 봤지만 이번에도 현우는 대답이 없었다. 그다음 날, 학원 수업이 끝나고 민준은 맥도날드에 들렀다. 카우보이와 초능력이 공유되니 정말 소리가 들렸다.

"이 목소리가 들리는 사람은 즉시 초능력자 관리국에 신고 바랍니다. 집 전화와 핸드폰 혹은 공중전화 112번으로 전화한 후 다시 112번을 두 번 누르면 관리국과 연결됩니다. 신고하지 않고 불법적으로 활동할 경우 초능력자 관리법에 따라 처벌받을 수도 있습니다."

지하철 안내 방송 같은 또렷한 목소리였다.

민준은 주머니에서 100원짜리 동전을 꺼내어 던졌다가 받았다. 숫자 100이 있는 쪽이 나왔다. 다시 해도 숫자, 다음도 숫자…… 열 번 모두 숫자가 있는 쪽이 나왔다. 그리고 이제 공중전화로 가서 신고하는 일만 남았다. 카우보이의 지령이었다. 신고 후 해야 할 일들도 철저히 교육받았다.

공중전화로 걸어가는 내내 모든 것이 비현실적이고 황당하게 느껴졌다. 도대체 내가 무슨 짓을 하는 거지? 현우를 구하러 들어간다니. 초능력자 스파이라니. 전쟁이라니…… 현우를 구할 수나 있을까? 나도 붙잡혀서 실험 대상이 되면 어쩌지? 아니면 스파이 짓을 했다고 감옥에 가면?

공중전화로 가서 112를 누르고, 삐 소리를 기다린 다음 다시 두 번 더 눌렀다. 이전에 현우가 잘못했던 것이 이 부분이었다. 소리가 날 때까지 기다리고 두 번 더 눌러야 하는데, 연속으로 세

번 눌러서 삐 소리만 들렸던 것이다. 곧 경찰이 전화를 받았고, 바로 차를 보내 줄 테니 기다리라고 민준에게 말했다.

얼마 지나지 않아 맥도날드 앞에 차 한 대가 멈춰 섰다. 구급차만큼이나 금방 도착한 것 같았다. 경찰차가 아닌 평범한 봉고차였는데, 겉에 학원 이름과 전화번호가 그럴듯하게 붙은, 학원차량으로 위장한 경찰차였다. 차에 올라타자 앞 좌석에 탄 두 경찰이 덥지 않으냐고 묻더니 에어컨을 더 세게 틀었다. 차가 출발하기 전, 경찰이 물었다.

"우린 지금 병원으로 갈 거야. 너 혼자 갈래 아니면 부모님과 같이 갈래?"

혼자 가겠다고 말하자 비로소 차가 출발했다. 도착하면 시원한 음료수부터 한 잔 주겠다는 말도 덧붙였다. 민준은 그 말을 듣고서야 자신이 땀을 무척 많이 흘리고 있다는 걸 알았다.

"학생은 염력이 있다고 신고했지? 병원에서 네가 어떤 초능력을 가졌는지 자세히 검사할 거야. 금방 끝나고 집에 갈 거다. 그다음 검사는 며칠 후에 있을 거고. 간단한 검사니까 걱정하지 마."

경찰들은 번갈아서 말했는데, 어떤 초능력이 있고 힘은 어느 정도인지 검사를 한 다음 이후 어떻게 해야 할지 알려 준다고 했다. 검사 받으러 오는 사람은 학생도 간혹 있지만 주로 어른이 많다고 했다.

병원에는 금방 도착했다. 민준의 상상과는 모습이 많이 달랐다. 철창이 쳐진 감옥이 있는 것도, 총을 든 경찰이나 군인이 있는 것도, 보안이 엄한 것도 아니었다. 겉에서 봐선 평범한 병원이었다. 커튼 쳐진 침대가 있는 병실이 있고, 복도에는 간호사와 병원복을 입은 환자가 다니는 곳이었다. 병원 특유의 소독약과 방향제 냄새가 많이 났다.

카우보이는 민준에게 발전소에 도착하면 가능한 한 많은 것을 보고 기억에 넣어 두라고 했다. 나중에 마인드 컨트롤로 기억을 상세하게 되살릴 수 있으니 내부에 문이 열려 있는 곳은 다 들여다보고, 창밖이 보이면 주변 간판을 확인하고, 마주치는 사람의 얼굴도 정확히 보라고 했다. 그것만으로도 큰 정보가 된다고 했다. 민준은 병원 안을 살피다가 사람들과 눈이 마주치면 스파이인 걸 들킬까 싶어 흠칫 놀랐다.

복도 끝 사무실에 들어가자 안경을 쓰고 흰 가운을 입은 젊은 남자 의사 선생님이 나와서 종이를 주고 이름과 주소와 연락 가능한 전화번호, 직장을 적으라고 했다.

"민준이는 학생이니까 직장에 학교를 적고 몇 학년 몇 반인지 적으면 돼."

민준이 정보를 다 작성하자 의사는 간호사와 함께 민준을 데리고 검사실로 갔다. 검사실은 신발을 벗고 들어가게 되어 있었는데, 어두운 방 가운데에 MRI 기계와 비슷하게 생긴 기계가 있었다. 간호사가 민준에게 폐소 공포증이 있냐고 물었다.

"그게 뭐예요?"

민준은 폐소 공포증이라는 단어를 들은 적은 있지만, 정확한 뜻은 자세히 모른다고 하니 간호사가 밀폐된 공간에서 공포를 느끼는 증세라고 설명해 줬다. 민준은 괜찮다며 기계 위에 누웠다. 간호사는 방을 나갔다. 삐삐삐, 불안한 소리가 나더니 조명이 꺼지면서 방 안이 더 어두워졌다. 몇몇 사람이 주변을 왔다 갔다 하는 소리가 들리다가 나중엔 기계 소리가 더 시끄러워져서 아무 소리도 들리지 않았다. 웅웅 소리와 진동을 참으며 눈을 감고 한참 누워 있었다. 머릿속에서 삐삐 소리가 나는 것도 같다가 몸 전체를 누르는 것 같은 압력도 느껴졌다. 그런데 갑자기 기계가 꺼졌다.

놀라서 눈을 뜬 민준은 더 놀라고 말았다. 현우가 그를 내려다보고 있었다.

"민준이 너, 여기서 뭐 해?"

현우가 물었다. 그리고 방문이 열리더니 간호사와 의사와 경찰까지 대여섯 명의 사람이 들어와서 민준을 내려다보며 말했다.

"학생, 혹시 초능력이 공유되어 있니?"

민준은 누운 채로 아무 말도 하지 못했다.

▲　▼　▲　▼　▲

사무실에서, 민준은 현우와 의사 선생님과 한참 동안 대화했다. 현우는 의사 선생님을 잘 알고 있었는지 전혀 긴장하지 않고 떠들었다. 스파이 노릇을 들켰으니 감옥에 가는 건가 싶어 숨도 제대로 쉴 수 없던 민준과는 달랐다. 원래는 민준이 태평한 성격이었고 현우가 긴장하는 성격이었는데 지금은 완전히 바뀌었다.

"화장실 갔다 오는데 검사실 밖 신발장에 민준이가 신는 신발이 보였어요. 진짜 민준이가 온 건가 싶어서 안으로 들어갔어요. 분명 민준이 신발이었거든요."

민준이 무슨 신발을 신는지 잘 안다고 중얼중얼 설명하는 현우의 모습은, 최근 며칠간 본 멍한 모습 그대로였다. 의사 선생님이 말했다.

"현우 친구인 줄도 몰랐다. 미리 말했으면 좋았을 텐데. 민준이 너는 원래 초능력이 없었지? 그런데 외부에서 초능력을 공유해 왔고, 공유한 초능력은 함부로 검사하면 안 된다. 하마터면 기계가 터질 뻔했어."

"야, 너 때문에 기계 터질 뻔했대."

현우가 민준을 놀리면서 깔깔 웃었다. 현우는 민준과 어떤 친구 사이인지도 설명했다. 둘이 같은 반에 학원도 같이 다니고, 초능력이 있다는 걸 제일 처음 말했고, 텔레파시도 같이 했다고 말했다. 의사 선생님은 현우가 하는 말을 종이에 꼼꼼히 기록했다. 경찰을 따라서 병원에 오고, 초능력 치료를 받은 후부터는 텔레파시를 사용하지 않았고, 주변에는 여행을 갔다고 거짓말하고 치료를 받으러 왔는데 병원에 민준이 있어서 놀랐다고 했다. 그게 최근 현우가 연락에 잘 답하지 않고 학원에도 나오지 않았던 이유였다. 민준의 예상대로 이상한 일이 일어나고 있었지만, 현우가 다른 사람으로 바뀌거나 한 것과는 다른 훨씬 간단한 이유였다.

그다음은 초능력이 없던 민준이 어떻게 다른 사람과 초능력을 공유했는지를 민준이 설명할 차례였다. 의사 선생님도 대충은 상황을 짐작하고 있었다.

"혹시 카우보이라는 남자와 접촉했니?"

"네."

유튜브를 보고, 카우보이와 테디베어를 만나고, 초능력을 공유해서 현우를 구하려고 했다고 전부 털어놓았다. 말하는 민준에게조차 허무맹랑하게 들리는 말이었는데도 의사 선생님은 웃지 않고 심각한 표정으로 들었다.

"민준이 네 잘못은 아니다. 잘못이 있긴 있지만 뭐 큰 잘못은 아니야. 민준이를 속인 어른들 잘못이지. 아무튼, 완전히 잘못 알고 있구나."

의사 선생님이 설명했다.

"지금 봤으니 알겠지만, 현우를 바꿔치기하지 않았어. 그 정도 마인드 컨트롤은 거의 불가능한 데다가 가능하더라도 뭐 하러 그러겠니? 카우보이 추측대로 현우와 접촉하는 사람들의 생각을 억제하긴 했다. 하지만 현우와 현우 부모님에게 당연히 허락을 얻고 한 일이었어. 정부에서 초능력자를 이용한다는 말도 다 틀렸어. 오히려 반대로 우리는 현우의 초능력을 봉인하는 중이야."

정부에서 초능력자를 추적하고 있는 건 사실이었다. 경찰은 허가받지 않고 텔레파시를 사용하던 현우를 추적해 집으로 찾아간 다음 현우와 현우의 부모님에게 '초능력자 관리법'을 설명했다. 법적으로 미성년자의 초능력은 억제하도록 되어 있었고, 그래서 현우도 성인이 된 다음 초능력이 풀리게 만드는 봉인 치료 중이었다.

"텔레파시로 수능 시험 때 커닝할 수도 있고, 다른 범죄에 사용할 위험이 있으니까. 최근 현우가 머리가 조금 멍하다고 하는데, 봉인 치료 부작용인 것 같다. 하지만 몸에 이상이 있는 건 아니야. 그나저나 현우 주변 사람들에게 마인드 컨트롤을 걸어 놨는데 왜 너에게는 통하지 않았는지 모르겠구나."

성인이 돼도 초능력을 사용하려면 정부의 허가를 받아야 하고, 지나치게 강하거나 범죄에 악용될 소지가 많은 초능력은 아예 억제한다고 했다. 카우보이와 테디베어가 바로 정부의 허가를 받지 않고 도망 다니며 초능력을 쓰는 사람들이었다.

민준이 말했다.

"그 사람들이 우리가 다른 나라와 초능력 전쟁 중이라고 했어요."

"너도 알고 있었어?"

현우가 되물었다.

"나는 나중에 군인도 될 수 있대."

현우의 말에 의사 선생님이 황급히 말을 이었다.

"정확히는 전쟁이 아니고, 초능력을 이용해서 우리나라 기밀 정보에 접근하려는 국가를 우리나라 초능력자들이 막고 있는 건 맞다. 하지만 그 사람들 말대로 초능력자가 세계를 지배하느니 그런 거창한 상황은 아니야. 당연히 중학생을 납치해서 전쟁에 투입하지도 않아. 그 사람들이 하는 말은 전부 거짓이니까 믿지 말아라."

"카우보이가 하는 말이, 경찰이 그렇게 말하면서 저를 설득할 거라고 했어요."

카우보이는 경찰이 마인드 컨트롤 능력을 사용해서 민준을 설득하려 할 테니 경찰의 말을 절대 믿지 말라고 했다. 여태껏 경찰의 마인드 컨트롤 능력을 이겨 내고 발전소에서 돌아온 사람은 아무도 없다고 했다. 그래서 민준이 발전소 내부를 관찰하고 나오는 것만으로도 큰 도움이 된다는 것이었다.

의사 선생님이 말했다.

"정말 위험한 사람들이구나. 카우보이가 너를 못 알아보도록 마인드 컨트롤 초능력으로 네 주변을 방어해야겠다. 걱정하지 마. 카우보이가 다시 나타나진 않을 거야. 공유 초능력의 연결을 끊으면 자기들이 추적되고 있는 걸 바로 알아채고 알아서 도망갈 거다. 단지 만약을 대비해서 너와 현우에게 감시는 붙이겠다."

"감시요?"

민준이 놀라서 묻자 의사 선생님은 경찰이 직접 따라다니는 건 아니고, 단지 원격으로 위험을 감지하는 거라고 설명했다.

"그리고 민준이도 치료를 받아야 한다. 공유를 완전히 끊어야 하니까. 현우 너도 치료를 마저 받고 가야지. 둘이 같은 동네지? 차로 바래다줄 테니까 같이 가."

스파이라는 정체를 들켰지만 감옥에 가거나 세뇌되거나 부모님과 함께 경찰서로 불려 가거나 고소당하는 일은 일어나지 않고 간단한 면담으로 끝났다. 의사 선생님을 따라 치료실로 가서 민준과 현우는 나란히 침대에 누웠다. 간호사가 다가와 둘의 머리와 목에 저주파 안마기 같은 걸 붙였는데, 의사 선생님이 설명했다.

"잠이 들었다가 깨겠지만 오래 걸리지 않을 거야."

집에 돌아가는 시간이 너무 늦어져서 걱정이라고 민준이 말하자 옆에 누워 있던 현우가 말했다.

"부모님 걱정은 하지 마. 어디 갔다 왔는지 묻지 않을 테니까. 물어보려다가도 잊어버릴 거야. 마인드 컨트롤을 사용하면 그런 것도 가능해. 대단하지?"

치료를 받는 동안 현우는 누워서 코를 골았다. 반대로 민준은 머릿속이 복잡하고 긴장도 풀리지 않아 잠이 오지 않았는데 신기하게도 어느 순간 잠이 들었다가 깼다. 아주 깊이 잠든 것 같았으나 시간을 확인하니 겨우 20분 지났을 뿐이었다. 깨고 나니 기분도 한결 나아졌다.

민준도 현우도 학원 차로 위장한 경찰차를 타고 집으로 돌아왔고, 그렇게 소동은 끝났다.

▲ ▼ ▲ ▼ ▲

현우의 초능력이 억제되고, 민준의 공유 능력도 끊기면서 초능력 놀이는 허무하게 끝났다. 초능력자는 신고하라는 이상한 안내 방송도 더는 들리지 않았고, 카우보이의 유튜브 채널과 블로그는 삭제된 상태였다. 카우보이나 테디베어도 나타나지 않았다. 민준이 사는 동네를 카우보이와 테디베어가 알기 때문에 찾아올까 봐 무서웠지만, 경찰이 잘 감시하고 있는지 다시 마주치는 일은 없었다. 그렇게 여름 방학은 계속됐고 둘은 평소처럼 영어 학원에 다녔다.

물론 아예 영향이 없진 않아서 둘 다 한동안은 맥도날드 근처에 가지 않았다. 간혹 병원에서 있었던 일을 떠올리고, 그때 정말 놀랐다고 떠들다 어느새 잊어버렸다. 아마도 두 사람에게 걸려 있는 마인드 컨트롤 초능력 때문인 것 같았다. 특히 현우가 초능력에 관련된 일을 더 빨리 잊어 가는 듯했다. 민준 역시 카우보이와 테디베어를 만났던 기억이 떠올라서 무섭다가도 또 금방 잊어버리고 다른 생각에 몰두하곤 했다. 차라리 그 편이 좋았다. 종일 초능력 생각만 했다면 심란해서 공부고 뭐고 아무것도 못 했을 것이다.

현우는 가끔 초능력 전쟁 이야기를 꺼냈다.

"갑자기 전쟁이 일어나면 어쩌지? 끌려가서 군인이 되면? 어쩌면 전쟁은 이미 벌어지고 있는 중일지도 몰라."

둘은 학원이 끝나면 맥도날드 대신 학원 앞의 편의점에 가서 시원한 음료나 아이스크림을 사 먹었다. 현우는 전쟁이 나서 아이스크림을 못 먹게 될까 봐 무섭다며 말했다.

"결국 어느 한 나라가 초능력으로 세계를 지배할까 봐 무서워. 그럼 먹을 게 없어서 굶고 그러지 않을까?"

"하지만 지금은 아무 일도 없잖아."

민준의 대답에 현우는 마인드 컨트롤로 세상에 초능력이 존재하지 않는 것처럼 숨기고 있으니 전쟁도 충분히 숨길 수 있지 않겠느냐고 했다. 하지만 민준 생각은 좀 달랐다.

"전쟁처럼 큰일이 터지면 숨기기 어려울 것 같아. 그리고 정 궁금하면 병원에 가서 물어보면 되지."

병원에 가면 어떤 낌새라도 눈치챌 수 있으리라 생각했다. 그렇더라도 현우는 병원에 다시 가고 싶진 않다고 했다. 민준 또한 병원을 생각하면 무서웠다.

"나는 우리가 병원에서 정말 깨어난 건지 가끔 의심스러워. 유튜브 영상에서 그랬잖아. 초능력자를 잡아다가 잠재운 다음 마인드 컨트롤로 현실과 똑같은 꿈을 꾸게 해서 깨지 못하게 한다고. 우리는 지금 꿈속에 있는지도 몰라. 사실은 너도 나도 아직 병원 침대에 누워 있는데 마인드 컨트롤 때문에 현실이라고 믿는지도 모르지."

민준도 잘 알고 있었다. 카우보이가 민준에게도 그렇게 말했었다. 발전소에서는 초능력자를 잡아다가 잠을 재운 다음 현실과 똑같은 꿈속에 집어넣는다고 했다. 그들의 초능력만을 꺼내서 발전소의 모터를 돌려 전기를 생산하거나 공유 능력에 연결해 다른 초능력자의 초능력을 강화한다고도 말했다. 현우도 그 상태일 테니 구출해야 한다고 주장했다. 스파이라는 정체가 들통나면 잠을 재울 테니 절대로 잠들지 말라고 했고, 잠들면 절대로 발전소에서 나오지 못한다고 했다. 하지만 민준은 결국 카우보이가 아닌 의사 선생님을 믿었던 것이다.

현우가 말했다.

"우리가 현실 속에 있는지 꿈속에 있는지는 어떻게 확인하지?"

민준이 아무리 생각해도 둘이 있는 곳이 현실인지, 아니면 카우보이가 말한 마인드 컨트롤 꿈속인지 확실히 알아낼 방법은 없었다. 그때마다 민준은 현우에게 말했다.

"너무 걱정하지 마. 우리는 평화롭게 잘 지내고 있잖아. 설마 무슨 일이 있겠어? 너무 걱정이 많으면 아무것도 못 해."

하지만 민준도 뭘 알고 하는 말은 아니었고, 그저 현우를 위로하고 싶어서 하는 말일 뿐이었다. 민준도 현우도 꿈이 아닌 현실에서 살고 있기만을 바랄 뿐이었다.

민준은 가끔 동전을 던져 앞면이 나오는지 뒷면이 나오는지 실험하곤 했다. 앞면이 열 번 연속으로 나오는 1024분의 1의 확률에 도전했지만, 병원에 다녀온 후로는 한 번도 성공하지 못했다. 동전의 앞면이 나올 확률은 언제나 2분의 1이었다.

어렸을 때는 단순했던 세상이 나이가 들면서 조금씩 다르게 보이곤 합니다. 특히 청소년기에는 세상을 바라보는 시선의 변화가 크죠. 어렸을 땐 쉽고 아름답던 세상이 중학생이 되고 고등학생이 돼서 다시 돌아보니 유난히 복잡하고 어렵게 보일 때도 있고, 거대해 보이던 세상이 의외로 단순하다고 깨닫기도 하고요. 우리가 만약 초능력을 가진다면 세상은 어떻게 보일까요? 〈동전의 앞면이 나올 확률은 2분의 1〉에서 주인공 민준은 갑자기 초능력이 생긴 친구 현우를 통해서 우리가 모르던 세상의 새로운 모습을 보고 당황합니다. 소설을 통해 우리가 모르는 세상의 모습을 목격하면서 어느 부분에서는 재밌어하고, 어느 부분에서는 깊은 생각에 빠지는 것이 독서의 재미라고 생각합니다. 이야기를 무겁지 않게 풀어내려고 애썼는데 독자 여러분은 어떻게 느끼셨을지 모르겠네요. 글을 재밌게 읽으셨으면 좋겠습니다.

박한선

캐치

이우일은 목에 찌릿한 감각을 느끼고 고개를 들었다. 교실은 조회 때 벌어진 일로 요란스러웠다. 우일은 주머니에 든 에어팟을 만지며, 목의 감각이 가리키는 곳을 바라보았다. 아니나 다를까 지우개였다. 앞자리 책상에서 지우개가 굴러떨어지기 직전이었다. 지우개 주인은 아무것도 모른 채 짝꿍과 떠들고만 있었다. 우일은 고민했다. 잡을까? 우일이 조금만 몸을 숙이고 팔을 뻗으면 떨어지는 지우개를 잡을 수 있었다.

하지만 우일은 그러지 않았다. 결국 지우개는 바닥으로 떨어졌고, 몇 번 튕긴 뒤 라디에이터 밑으로 들어갔다. 우일은 다시 고개를 숙였다.

우일에겐 초능력이 있었다. 반경 3미터 내에 무언가가 떨어질

걸 깨닫고, 그게 떨어지기 전에 낚아챌 수 있는 능력. 우일은 이 능력이 4만 원짜리 능력이라고 생각했는데, 이는 나름 치밀한 계산으로 나온 결과였다. 계산 과정은 이랬다.

우일은 자신의 능력으로 지우개를 절대 잃어버리지 않을 수 있다. 그래서 지우개를 하나 사면 손톱만 한 크기가 될 때까지 쓴다. 그 기간은 보통 4개월 정도가 걸린다. 그리고 우일이 관찰한 결과, 다른 아이들은 도중에 지우개를 잃어버리므로 지우개를 새로 사더라도 쓰는 기간이 평균 한 달 반 남짓이었다. 그러니까 우일은 1년 동안 지우개 세 개로 충분한 반면, 다른 아이들은 여덟 개 정도의 지우개를 산다. 지우개 하나 값이 보통 1,000원이라 치면 우일은 다른 아이들보다 1년에 5,000원의 이익을 본다. 그걸 초등학교 1학년부터 중학교 2학년 막바지인 지금까지 합하면 총 4만 원의 이익을 본 셈이 되는 것이다.

우일은 바지 주머니에서 손을 꺼내 살폈다. 고작 4만 원짜리.

그때 교실문이 시끄러운 소리를 내며 열렸다. 왁자지껄하던 교실이 순간 조용해졌다. 문 앞에는 조회 사건의 주인공, 김수안이 서 있었다. 아직 화가 다 가라앉지 않은 듯 얼굴이 붉었다. 수안은 누구에게도 시선을 주지 않고 빠른 걸음으로 자기 자리에 가서 앉았다. 아이들은 눈으로 수안을 좇다가, 수안이 가만히 앉아 있자 금세 다시 떠들기 시작했다.

우일은 수안을 바라봤다. 항상 혼자 있는 수안. 선생들의 관심에서도 멀어진 듯 아무렇지 않게 수업 시간에 에어팟을 귀에 꽂고 있는 수안. 매번 연습장에 낙서를 하고 있는 수안. 우일은 하도 만지작거려 미지근한 온기가 남아 있는 에어팟을 다시 손에 쥐었다. 이 에어팟을 수안에게 돌려줘야 했다. 돌려줘야 하는데, 근데 그게…….

우일이 지금 일어나서 수안에게 다가가면 반 아이들의 시선이 우일에게 집중될 것이다. 그러면 우일은 긴장할 테고, 변성기라 안 그래도 이상한 목소리가 염소처럼 떨릴 것이며, 수안에게 가기 전 연습한 '이거 네 거야.'라는 말이 '그러니까, 음……. 이거네, 네 거 같은데 내가(삑사리), 아, 미안. 훔친 거야. 아니, 나 뭐라니.'라고 튀어나올 것이다.

우일은 고개를 저었다. 돌려주긴 할 거지만 지금은 아니었다.

언제부터 이런 성격이 된 걸까. 초등학교 저학년 땐 자신감이 넘치고, 뭐든 해낼 수 있을 것 같았다. 왜냐하면 피구를 잘했으니까. 우일은 피구의 황제였다. 날아오는 공은 잡을 수 없었지만, 자신을 맞히고 떨어지는 공은 낚아챌 수 있었다. 체육 시간에 팀을 나눌 때면 우일의 이름은 항상 제일 먼저 불렸고, 모두가 우일의 팀이 되고 싶어 했다. 아마 프로 피구가 있었다면 우일은 자신이 여전히 자신감 넘치는 성격이었을지도 모른다고 생각했다.

하지만 프로 피구가 없는 것처럼, 우일의 능력도 쓸모없었다. 피구를 하는 친구들은 이제 없었고, 우일을 배구부에 집어넣었던 체육 선생은 토스는커녕 공을 잡아 버리기만 해 대는 우일에게 제발 나가 달라고 빌었다. 3미터라는 능력의 제한은 어떤 스포츠에서도 빛을 내지 못했다. 원래 우일의 운동 신경은 젬병이었다.

이래서 전교 회장 연설은 어떻게 하지. 우일은 가볍게 자신의 머리를 쥐어박았다.

▲　▼　▲　▼　▲

우일이 전학 오기 전, 집에서 가장 많이 들은 말은 '넌 방에 들어가.'였다. 엄마도 아빠도 서로에게 소리치기 전 우일에게 말했다. 우일은 순순히 말을 들었다. 다투는 부모 사이에서 자기가 할 수 있는 건 아무것도 없다는 걸 스스로도 잘 알았다. 우일의 초능력으로 떨어지는 주식은 잡을 수 없었다. 그래서 여름 방학이 끝날 때쯤 삼촌 집에 가 있으라는 말도, 전학을 가야 한다는 말도 순순히 받아들였다. 중학교 2학년다운 반항 한 번 못 해 본 채 우일은 삼촌 집에서 낯선 학교에 다녀야 했다.

그래도 삼촌 집에 사는 건 그렇게 나쁘지 않았다. 원래 좀 친하기도 했고, 가끔은 삼촌이 또래처럼 느껴질 때도 있었다. 물론 나이가 나이다 보니 노인네 같은 면도 있었지만.

우일은 하교한 뒤 청소와 빨래를 하고, 식탁에서 공부를 하다가 삼촌이 돌아오면 같이 저녁을 먹었다. 하지만 오늘은 도저히 공부가 손에 잡히질 않았다. 우일은 식탁 위에 에어팟을 꺼내 두고 수안을 생각했다. 이 노란색 스티커가 붙은 에어팟을 돌려줄 방법이 떠오르질 않았다. 수안은 누구보다 늦게 등교했고, 누구보다 밥을 빨리 먹었고, 누구보다 빨리 하교했다. 그리고 화장실 갈 때를 빼고는 줄곧 교실 안에 앉아 있었다. 우일이 여자 화장실 안까지 쫓아갈 수는 없지 않은가.

게다가 설상가상으로 오늘 수안의 귀엔 새 에어팟이 꽂혀 있었다. 고작 하루가 지났을 뿐인데. 내가 빨리 돌려주지 않아서 새 걸 산 거면 어쩌지? 나보고 에어팟 값을 물어내라고 하면 어쩌지? 맨날 이러지. 맨날 아무것도 못 하고 뒤늦게 후회만 하지. 멍청이 이우일. 우일이 자신의 머리를 쥐어박는데, 현관문이 열렸다. 삼촌이었다. 삼촌은 먼지를 잔뜩 뒤집어써 콧수염도 회색으로 보일 지경이었다. 삼촌이 욕실 앞에서 작업복을 벗으며 왜 그러냐고 물었다.

우일은 한숨을 푹 내쉬었다. 이제 팬티만 입고 있는 삼촌이 에어팟을 가리키며 물었다.

"뭐야, 그건."

"에어팟이라고, 이어폰인데 블루투스로 연결⋯⋯."

"아니, 내가 그걸 모르겠냐. 어디서 났어?"

어디서 났느냐면⋯⋯. 오늘 아침 조회 때였다. 아이들이 수군거리는 대로 이야기하자면, 바로 그 김수안 사건이 일어났을 때.

조회를 한다고 강당으로 불려 나갔을 때, 우일은 언제나 그랬듯 앞쪽에 서서 하품을 하고 있었다. 강당 안은 입김이 나올 만큼 추웠다. 한참 후에야 교장은 조그마한 스피커에 달린 마이크를 들고 느릿느릿 단상에 올라섰다. 강당 내 방송 시스템이 고장 났다는 교장의 설명에 누군가가 뒤에서 '아, 그럼 조회를 하지 말지.' 소리쳤고, 학생 주임이 손가락으로 목을 그어 보이는 것으로 그 원성에 화답했다.

교장의 재미없는 훈화가 시작됐다. 거기에 집중할 학생은 없었고, 우일도 마찬가지였다. 잡생각에 빠져 있다가 문득 우일은 목에서 찌릿한 감각을 느꼈다. 퍼뜩 정신을 차리자 주변이 웅성거리고 있었다. 무슨 일이지, 우일이 고개를 뒤로 돌리는데 수안이 우일의 옆을 스쳐 지나갔다. 수안은 달리고 있었고, 패딩 주머니에서 에어팟이 떨어졌다. 우일은 반사적으로 그걸 낚아챘다. 앞에 서 있던 담임이 당황한 표정으로 수안을 가로막았다. 교장도 말을 멈췄고 모두가 수안에게 주목했다. 수안은 교장을 가리키며 소리쳤다.

"취소해요! 그딴 소리 하지 마요! 사과하고 취소하라고, 이 대머리야!"

우일은 입을 딱 벌린 채, 그 추운 강당에서 수안의 귀가 얼마나 붉어지는지 지켜보았다.

하지만 이 모든 이야기를 삼촌에게 하기는 귀찮았으므로 우일은 학교에서 주웠다고만 대답했다. 삼촌이 과장되게 엄한 표정을 지으며 말했다.

"주인 찾아서 돌려줘."

나도 돌려주고 싶어. 우일은 말을 속으로 삼키고 고개를 끄덕였다. 삼촌이 수건을 챙겨 욕실 안으로 들어가나 싶더니 얼굴을 내밀며 다시 물었다.

"너, 이어팟 필요하냐? 요새 애들 다 갖고 있어?"

"아니. 절대 아니. 필요도 없어. 그리고 삼촌, 에어팟이야. 이어팟이 아니라."

삼촌은 그게 뭐가 달라, 어깨를 으쓱하고는 욕실 문을 닫았다. 삼촌에게 더 빚을 질 수는 없었다. 우일은 입술을 꾹 물었다. 조금이라도 덜 빚지려면, 나중에 갚으려면, 능력이 있는 무언가가 되어야 했다. 그리고 무언가가 되려면 전교 회장 타이틀이 있어야 할 것만 같았다.

▲ ▼ ▲ ▼ ▲

황금 같은 점심시간, 우일은 운동장 스탠드에 앉아 있었다. 찬바람이 세게 불었다. 과장을 좀 보태자면 강당 옆 낡은 조명탑이 흔들리는 것처럼 보일 정도였다. 하지만 교실에 앉아 있는 것보다는 나았다. 우일은 주머니에서 에어팟을 꺼냈다. 교실에서 수안의 뒤통수를 보며 부담감을 느끼는 것보단 추위에 떠는 편이 버티기 수월했다. 하루빨리 돌려주는 게 맞다. 하지만 새로 산 에어팟 값을 물어내라고 한다면? 에어팟 가격만큼의 동전이 가슴을 짓누르는 기분이었다. 그래서 처음엔 그 부담감이 만든 환청인 줄 알았다.

"야, 그거 내 거 아니야?"

"……."

"내 거 아니냐고!"

환청이 아니란 생각에 우일은 깜짝 놀라 고개를 쳐들었다. 수안이었다. 수안은 목장갑을 끼고 한 손엔 집게를, 다른 한 손엔 마대를 들고 있었다. 당황한 우일이 대답하지 못하자 수안은 눈썹을 모으며 집게로 찰캉찰캉, 소리를 냈다. 그제야 우일은 정신이 들었다.

"네 거 아닌데? 아냐, 나 뭐라니. 네 거 맞아. 맞는데, 내가 훔친

건 아니고 어떻게 된 거냐면……."

"뭐라는 거야. 똑바로 말해."

수안이 툭 마대를 내려놓았다. 우일은 숨을 흡 들이마셨다. 얼굴에 열이 오르는 게 느껴졌다. 더 쪽팔리기 전에 제대로 말해야 했다. 우일은 눈을 꼭 감고 사실대로 말하는 쪽을 택했다.

"그때 네가 강당에서 소리칠 때 떨어지는 걸 주웠는데, 돌려주려고 했는데, 애들 눈이 무서워서 못 돌려줬는데, 다음 날 와 보니까 네 귀엔 새 에어팟이 꽂혀 있고, 나보고 물어내라고 하면 어쩌지 걱정돼서……. 하지만 나 진짜 돈 없어. 정말 미안한데……."

"물어내라고 해? 내가? 너한테? 네가 나한테 찾아 줬으니 돈을 달라고 하는 게 아니라?"

하, 수안은 비웃듯 웃음을 터뜨렸다. 우일이 영문을 몰라 잠자코 있자 수안은 우일의 손에서 에어팟을 가져갔다. 수안은 마대를 들고, 어깨를 으쓱해 보이며 말했다.

"내가 지금 끼는 거 언니 거 몰래 가져온 거야."

"그럼 돈 안 줘도 돼?"

"너 되게 재수 없는 줄 알았는데 그냥 멍청이였구나."

"내가? 왜 재수 없어?"

"선생들이 뭐만 물어보면 손들고 대답하고, 아는 척하고, 담임이 먼저 전교 회장 추천서 써 줬다고 애들이……. 아니다. 어쨌든 고마워."

고맙다니. 돈을 안 물어 줘도 된다니. 우일은 너무 기쁜 나머지 자리를 뜨려는 수안에게 말을 걸었다.

"너도 다른 애들이 미친년이라 그래서 무서울 줄 알았는데, 엄청 착하다."

수안은 한쪽 입꼬리를 올리며 우일에게 가운뎃손가락을 치켜들었다. 우일은 내가 뭘 잘못했나 생각하며 멀어지는 수안의 뒷모습을 바라보았다.

▲　▼　▲　▼　▲

수안이 교장을 대머리라고 부른 죄로 점심시간마다 쓰레기를 줍는다는 소문은 금방 퍼졌다. 수안을 동정하는 사람은 없었고, 대부분이 미친년의 마땅한 말로라고 생각하는 듯했다. 우일은 수안이 그렇게까지 미친 것 같진 않다고 생각했지만 굳이 소란을 만들고 싶진 않았으므로 가만히 앉아 전교 회장 선거 때 쓸 포스터를 디자인했다.

맨 위에는 고심 끝에 결정한 캐치프레이즈인 '뽑아라 2우일!'을 크게 넣을 것이다. 기호 2번인 우일에게 딱인 캐치프레이즈라고 생각했다. 그다음 중학교 1학년 때 찍었던 증명사진을 넣고, 아래에 더 써넣을 문구를 생각해야 했다. 우일은 타지에서 전학을 왔으므로 출신 초등학교를 적는 건 쓸데없을 것 같았다. 그렇다고 '전학 오자마자 중간고사 전교 1등!'을 넣으면……. 연습장에 이런저런 문구들을 써 보고 있을 때 뒤에서 찬 기운이 느껴졌다. 뒤돌아보니 코가 빨개진 수안이 지나치며 속삭였다.

"뭐야? 포스터? 야, 내가 잘못 봤다. 멍청한 놈 아니고 그냥 재수 없는 놈 해라."

"아직 확정한 거 아니거든?"

우일이 큰 소리로 대꾸하자 반 아이들이 쳐다봤다. 우일은 전신에 열이 오르는 걸 느끼며 고개를 떨구었다. 잠시 후 슬쩍 고개를 드니 자리에 앉은 수안의 뒤통수만 보였다. 분명 웃고 있을 것만 같았다.

우일은 집에 와서도 포스터 만들기에 집중했다. 아무리 생각해도 아래에 넣을 문장들이 떠오르지 않았다. '조용히 경청하겠습니다'는? 스스로 생각해도 우일은 좀 떠들 필요가 있었다. '행동으로 보여 드리겠습니다'는? 몸소 행동할 자신이 없었다. 전에 우일이 다녔던 학교의 전교 회장도 빨간 티에 파란 바지였던 촌스러운 체육복을 바꾸겠다고 했지만 그러지 못했다. 전교 회장이란 지위는 그저 좋은 고등학교와 대학교에 가기 위한 초석일 뿐이었다. 우일이 땅이 꺼지게 한숨을 쉬자 거실에서 운동하던 삼촌이 아령을 내려놓으며 이번엔 또 무슨 일이냐고 물었다.

"아니, 전교 회장 선거에 나가는데…… 포스터에 쓸 게 생각 안 나서……."

"전교 회장? 너, 전교 회장 나가?"

삼촌이 지나치게 놀란 표정을 지으며 물었다. 하긴 우일 자신도 자신이 못 미더우니까. 땀내 나는 삼촌이 가까이 다가와 붙어 섰다. 우일이 인상을 찌푸렸지만 삼촌은 개의치 않고 말했다.

"야, 회장이면 여러분 말을 잘 듣겠습니다, 아니면 행동하겠습니다, 이런 거 쓰면 되지. '뽑아라 2우일'은 너무 좋다."

우일은 물보다 진한 피를 느끼며 다시 한숨을 쉬었다. 삼촌은 잠깐 머리를 긁적이다가 말했다.

"야, 우리 집안에 전교 회장 후보가 나오는데, 오늘은 맛있는 거 사 먹어야지. 족발 어때?"

우일은 두 손을 내저으며 전교 회장이 뭐 대단한 것도 아니고, 심지어 당선된 것도 아니고, 집에 밥이며 반찬 다 있는데 그 비싼 걸 뭐 굳이 사 먹느냐며 손사래를 쳤다. 그러자 삼촌이 우일을 번쩍 들어 올렸다. 우일은 놀라 몸부림쳤지만 삼촌의 커다란 이두근을 벗어날 수 없었다. 삼촌은 우일을 자신이 들던 아령 앞에 내려놓았다.

"아, 진짜 왜 그러는데."

"이거 들어 봐. 이거 들면 오늘 안 괴롭힌다. 근데 못 들면 그냥 족발 먹자. 토 달지 말고."

하, 삼촌이 한 손으로 들던 걸 내가 못 들까 봐? 족발, 그 더럽게 비싸기만 한 걸 왜 먹어. 우일은 중얼거리며 한 손으로 아령을 쥐고 들어 올렸다. 아니, 올리려고 했다. 당황한 우일은 이내 양손으로 아령을 쥐었다. 머리가 어질어질해질 때까지 힘을 줬지만 아령은 꼼짝도 하지 않았다.

"야, 운동도 좀 해라. 집에 가만히 있지만 말고. 그리고 어린놈이 뭐 벌써 돈, 돈 하고 있어. 족발 시켜 놔. 대짜로 시켜. 소짜로 시키면 진짜 밖으로 던져 버린다."

삼촌은 수건을 목에 걸친 뒤 욕실로 들어갔다. 우일은 마음속 장부에 족발을 추가하고 족발집에 전화를 걸었다.

▲ ▼ ▲ ▼ ▲

우일은 결국 포스터를 만들었다. 중학교 1학년 때 찍은 증명사진은 확대하자 좀 멍청해 보이긴 했지만, 나머지는 그럭저럭 마음에 들었다. 나머지 문구들은 고민을 거듭한 결과 '급식에서 임

연수어 제외'와 '재수 없는 놈이 만드는 재수 없는 학교'로 정했다. 이 정도면 나름 위트 있고 실현 가능한 공약 아닌가? 우일은 아껴 모은 돈으로 포스터 30장을 뽑았다. 등교 시간에 애들에게 직접 나눠 줄 용기는 없고, 그냥 학교 주변에 빼곡히 붙여 아이들 눈에 띄게 하는 것이 우일의 계획이었다. 등굣길에 마주친 수안이 우일의 포스터를 보고 토하는 시늉을 한 것만 빼면 나름 괜찮은 것 같았다. 우일은 급식소 뒤, 매점 현관문, 운동장 스탠드, 심지어 강당 옆 낡은 조명탑에도 포스터를 붙였다.

하지만 우일의 계획은 금방 틀어졌다. 점심시간, 수안이 들고 가는 마대에 찢어진 우일의 포스터가 한가득이었다. 우일은 다급히 수안을 불러 세웠다. 수안은 짜증 난다는 표정으로 우일을 바라봤다. 우일은 마대에 담긴 자신의 포스터들을 가리키며 물었다.

"이게 뭐야? 아니, 나도 내 포스터인 건 아는데 왜 다 여기 있어?"

"몰라. 다 찢어져서 바닥에 있던데. 안 그래도 내가 이거 때문에 얼마나 힘들었는지 알아?"

"안 되는데, 이제 진짜 돈도 없는데."

우일은 마대를 뒤져 그나마 멀쩡한 포스터를 찾아내 추렸다. 자신에 대한 아이들의 반감이 이 정도일 거라고는 상상도 못 했다. 우일은 울상을 지으며 수업 시작 종이 울릴 때까지 마대를 뒤졌다. 수안은 가만히 선 채 우일을 기다리며 운동장 먼 곳을 바라봤다.

우일은 추려 낸 포스터를 다시 학교 곳곳에 붙였다. 그리고 쉬는 시간마다 나가 포스터가 제대로 붙어 있나 확인했다. 확실히 빈도가 줄긴 줄었지만 그래도 떼어지고 찢어지는 건 똑같았다. 우일은 속상했다. 나한테 왜 이러는 걸까. 그러다 잠깐 수안 생각도 났다. 쟤는 이런 걸 어떻게 버티고 있는 걸까. 우일은 소리 지르고 싶은 걸 참으며 아이들을 감시했다.

그래서 점심시간에 나갔을 때, 우일은 깜짝 놀랐다. 마대를 손에 든 수안이 우일의 포스터를 건드리고 있었다. 뭐야, 쟤도 똑같은 거야? 우일이 수안을 말리려 달려가는데 목뒤가 찌릿했다. 감각이 가리키는 방향을 바라보니 수안의 머리 위에 있는 창문이었다. 애들 몇 명이 낄낄거리며 우유 팩을 수안에게 떨어뜨리려 하고 있었다. 어? 그래도 저건 좀 심하지 않나, 하는 생각을 하기 무섭게 아이들이 우유 팩을 손에서 놓았다. 우일은 재빨리 팔을 뻗어 수안의 머리로 떨어지는 우유 팩을 받아 냈다. 수안은 깜짝 놀라 뒤로 넘어졌고, 우일이 뻗은 손안에서 터져 버린 차가운 우유가 우일의 머리를 적셨다. 다시 창문을 올려다보니 아이들은 이미 사라지고 없었다. 아, 포스터. 수안에게 뭘 하려던 거냐고 소리치려 했는데, 수안의 손에는 집게 대신 테이프가 들려 있었다. 포스터를 보니 꿰맨 자국처럼 테이프가 촘촘히 붙어 있었다.

우일이 화장실에서 대충 머리를 감고 나오니 수안이 기다리고 있었다.

"야, 담임한테 일러. 내가 맞았으면 몰라도 네가 맞았으니까 범인 찾아 줄걸? 전교 회장 추천서도 자기가 먼저 써 줬잖아."

"됐어. 내가 할 수 있는 게 없는데. 범인 찾아봤자 나만 더 재수 없는 놈 되는 거지."

"그 성격으로 잘도 선거는 나가네. 도대체 뭐라고 했길래 담임이 추천서 써 줬냐?"

"그냥 좋은 고등학교, 대학교에 가고 싶다고. 스펙으로 필요하다고. 그리고…… 집안 사정도 좀 팔았어."

"고작 그런 거로? 와, 담임 개새끼. 내가 부탁할 땐 들은 척도 안 했으면서."

"고작? 근데 넌 왜? 너도 선거 나가려고 했냐? 나왔으면 미친년과 재수 없는 놈 아주 환상의……."

"아니. 난 탄원서 써 달라고 했어. 내 친구 죽인 놈 재판할 때."

어? 우일은 입을 다물었다. 수안은 전학 와서 잘 모르는구나, 중얼거리더니 이야기를 시작했다.

1학년 때, 수안에게는 같은 학원에 다니던 친구가 있었다. 언젠가 학원 근처 굴다리에서 친구와 친구의 남자 친구를 만났다. 친구의 남친은 고등학생이라서 스쿠터가 있었고, 마침 친구가 스쿠터에 올라타 제자리를 맴돌고 있었다. 그런데 갑자기 빛이 번쩍하더니 차 한 대가 친구를 치어 버렸다. 근데 그게 점점 와전되어서 발랑 까진 양아치가 고등학생이랑 오토바이 타다가 죽은, 그러니까 뒈질 만한 애가 뒈질 짓 하다가 뒈져 버린 사고로 소문이 났다. 수안은 그런 이야기를 하는 애들과 선생들 모두와 싸웠고, 이번 강당 조회 때도 교장이 그 얘기를 다시 꺼내 달려들 수밖에 없었다고 했다.

　　우일은 수안의 표정을 살폈다. 무덤덤해 보였으나 우일은 무슨 말이라도 해야겠다고 생각했다.

　　"네가 할 수 있는 건 없었잖아. 죄책감 느끼지 말고⋯⋯."

　　"죄책감? 내가 죄책감을 왜 가져? 내가 죽였어? 난 화가 난 거야."

　　수안의 얼굴이 조금 붉어졌다. 우일은 미안, 짧게 사과했다. 우일은 수안이 먼저 털어놨으니 본인 또한 뭐라도 말해야겠다는 충동이 들었다. 그래서 눈을 꼭 감고 털어놔 버렸다. 여태까지 말할 사람이 없었으니까. 자신에게 능력이 있다고. 뭐가 떨어지면 잡을 수 있는데, 진짜 하나도 쓸모없다고. 그래서 집이 망하는데도 뭘 할 수도 없고, 삼촌에게도 빚만 지고 있을 뿐이라고.

다 털어놓고 눈을 떴을 때, 수안의 표정은 바퀴벌레를 본 듯한 표정이었다. 너무 예상 밖의 표정이라 우일은 당황했다.

"초능력이 있다고? 뭐? 목이 찌릿해? 야, 그럼 비 오면 빗방울이 떨어져서 아주 죽겠다."

목뒤가 뻐근하긴 하다는 우일의 말에 하하 웃더니 수안은 자기 주머니를 뒤져 동전을 꺼냈다. 그리고 그걸 우일에게 던졌다. 동전은 딱 소리를 내며 우일의 이마에 적중했다.

"이것도 못 잡으면서 초능력은 무슨. 중2병도 적당히 걸려야 사람들이 귀엽다 봐 주지."

우일은 억울해하며 이마에 맞고 떨어지기 전에 낚아챈 동전을 들어 보였지만 수안은 관심 없어 보였다. 수안은 주머니를 뒤져 에어팟과 핸드폰을 꺼냈다. 그리고 에어팟 한쪽을 우일의 귀에 꽂아 주며 말했다.

"너도 할 수 있는 걸 찾아, 나처럼."

▲ ▼ ▲ ▼ ▲

수안은 항상 수업 시간에 끄적이던 연습장도 보여 줬다. 에어팟으로 들었던 욕설과 회유, 협박이 날짜별로 정리되어 있었다.

수안이 수업 시간에 귀에 에어팟을 꽂고 끄적이던 건 낙서가 아니었다. 친구를 죽인 가해자를 직접 찾아가 따지고, 욕을 먹고, 맞을 뻔한 위기를 수도 없이 넘기며 녹음한 내용을 기록하고 있었다. 죽은 친구가 받는 오해를 풀기 위해서.

그래서 어느 날, 수안이 뺨에 커다란 거즈를 붙이고 학교에 왔을 때 우일은 누가 그랬는지 단번에 알 수 있었다.

"그 새끼가 그런 거야?"

"내가 살살 긁으니까 자기도 모르게 그때 술 마셨다고 말하다가 당황해서 날 밀치더라."

수안은 잠깐 생각하더니 우일에게 똑바로 서 보라고 했다. 우일 옆에 서서 키를 대 보고는 '나보다 크긴 크네.' 하고 중얼거렸다. 우일은 아무려면 너보단 크지, 과장해 웃으며 대답했다. 수안은 잠깐 고민하는 듯하더니 우일에게 말했다.

"너, 오늘 나랑 같이 가 볼래?"

수안이 우일의 팔꿈치를 툭 쳤다. 우일은 그제야 정신을 차리고 수안을 따라 버스에서 내렸다. 삼촌 집이 있는 동네와는 딴판인 동네였다. 커다란 주택들이 즐비했고, 주차 구역마다 비싼 외제차들이 서 있었다. 수안은 한두 번 와 본 게 아닌 것처럼 망설임 없이 걸었다. 우일은 주변을 두리번거리며 수안을 뒤따라 걸었다. 10분 정도 걸었을까? 수안이 한 집 앞에서 멈춰 섰다. 다른 집들처럼 담장이 높은 2층 주택이었다. 대문 옆 담장 아래에 크고 검은 외제차가 서 있었다. 우일은 멋있다고 생각하고 있었는데 수안이 그 차를 가리키며 말했다.

"내 친구 치어 죽인 게 이 차야."

굳어 버린 우일에게 수안은 일단 차 뒤에 숨어 있다가 위험한 것 같으면 경찰에 신고해 달라고 했다. 경찰? 신고? 아니, 뭘 하는데? 우일이 묻기도 전에 수안은 그 집 대문으로 당당히 걸어가 초인종을 눌렀다. 곧 화가 잔뜩 난 아저씨가 대문을 열고 나왔다. 우일은 반사적으로 최대한 자신의 모습이 보이지 않게 몸을 웅크렸고, 반대로 수안은 전혀 기죽지 않고 대들듯 말했다.

우일은 가만히 숨어 지켜봤다. 아저씨는 이성을 잃은 듯 욕지거리를 퍼부었다. 수안은 무시하며 계속 말했다.

"아저씨, 제가 여태껏 다 녹음했거든요? 그리고 아저씨가 술 좀 마셨다는 이야기, 얼마나 빨리 달렸는지 말하는 거, 제가 다 녹음해서 기록까지 해 놨어요. 아저씬 자기가 그런 이야기를 했는지도 모르죠? 맨날 소리만 꽥꽥 질렀으니까. 이성적으로 생각 좀 하고 말하지 그러셨어요."

아저씨가 욕을 멈추고 좌우를 살폈다. 욕을 멈췄지만 우일은 그 얼굴이 터지기 직전 폭탄 같다고 생각했다.

"그러니까 아저씨, 재판은 끝났지만, 빌어요. 사과해요. 억울하게 헛소문 때문에⋯⋯."

수안은 말을 끝내지 못했다. 아저씨가 수안의 목덜미를 잡아챘다. 비명을 지르려는 수안의 입도 막았다. 우일은 고민했다. 경찰? 말도 안 되는 낙관적 상상이었다. 경찰이 출동하기도 전에 수안이 다칠 것만 같았다. 우일이 가서 말린다? 우일의 목덜미도 떨어져 나갈 것이다.

"그만해요!"

우일이 일어나 외쳤지만 아저씨는 수안을 놓지 않았다. 우일의 목소리가 들리지도 않는 것 같았다.

"그만하라고!"

여전히 수안은 목을 잡힌 채 발버둥 치고 있었다. 우일은 이를 꽉 물고 에라 모르겠다, 차 문을 걷어차며 외쳤다.

"야, 이 개새끼야!"

날카로운 차 경보음이 울렸다. 그제야 아저씨가 놀라 수안의 목을 놓았다.

"야, 뛰어!"

우일과 수안은 각자 골목의 반대편으로 뛰었다. 우일이 한참을 뛰고 또 뛰어 좀 전에 내렸던 버스 정류장에 먼저 닿았다. 뒤돌아보니 아저씨는 보이지 않았다. 우일이 허리를 숙인 채로 숨을 고르고 있을 때, 수안이 달려왔다. 수안이 네 덕분에 살았다며 우일의 어깨를 두드렸다.

덕분에? 우일은 머리가 터질 것만 같았다. 자동차를 찼다. 그 것도 외제차를. 머리에서 피가 쭉 빠져나가는 기분이었다.

"어떡해! 외제차를 찼어. 그거, 수리하면 돈 엄청 들겠지?"

수안이 괜찮다고, 그 새끼가 한 짓도 있다고, 아무 일도 없을 거라고 등을 쓸어 주었다. 하지만 우일은 걱정을 멈출 수 없었다.

▲ ▼ ▲ ▼ ▲

수안의 말처럼 그 뒤로 아무 일 없이 지나가는 듯했다. 그렇게 선거 전날이 되었다. 수업 중에 김수안을 찾는 방송이 나왔다. 교 장실로 오라는 내용이었다. 우일은 교실 밖으로 나가려는 수안 과 눈이 마주쳤다. 우일이 눈썹을 올리며 '뭐야?'라는 표정을 짓 자 수안은 어깨를 으쓱했다.

수안은 수업이 끝날 때까지 돌아오지 않았다. 불길했다. 다음 수업이 막 시작되려는데 방송에서 이번엔 우일을 찾았다. 아이 들의 시선이 우일에게 꽂혔다. 우일은 불안감을 느끼며 천천히 일어나 교장실로 갔다.

교장실에는 교장, 담임, 수안 그리고 그 아저씨가 있었다. 수안은 서 있었고 아저씨는 편하게 앉아 있었다. 우일이 들어오자 수안은 고개를 푹 숙였다. 눈을 마주쳐 주지 않았다.

"네, 맞아요. 제 차를 차고 도망간 학생 맞네요."

아저씨의 말에 담임이 굳은 표정으로 우일 앞으로 다가와 소리쳤다.

"이 자식, 넌 일단 징계를……."

"아, 아닙니다."

끼어든 건 아저씨였다. 아저씨는 수안 앞에서 지었던 표정과는 정반대로 사람 좋은 미소를 짓더니 계속 말했다.

"제가 앞길 창창한 학생의 미래를 막을 수는 없지 않겠습니까? 그냥 차 수리비만 받고 조용히 마무리하고 싶습니다."

쿵, 우일은 심장이 내려앉는 기분이었다. 수리비? 외제차? 아니요, 차라리 징계를 받고 싶은데요. 담임은 아저씨에게 연신 고개를 숙이며 감사하다고 했다. 그리고 우일에게도 인사하라고 했다. 우일은 뻣뻣한 목을 간신히 까닥거렸다.

"학생, 아빠한테 전화 좀 해 봐. 어른들끼리 이야기 좀 해야 하니까."

"아빠는 힘들고…… 지금 삼촌이랑 같이…… 사는데……."

"아, 그럼 삼촌한테 전화하면 되겠네. 혹시, 어려운 학생한테 내가 지금 나쁜 짓 하는 건가."

토가 나올 것같이 부드러운 목소리였다. 우일은 떨리는 손으로 삼촌에게 전화를 걸었다. 담임은 삼촌이 받기도 전에 우일의 핸드폰을 가져가 아저씨에게 건넸다. 잠시 후 삼촌이 전화를 받았는지 아저씨가 말을 하기 시작했다. 엉망인 머릿속에 한 단어만 계속해서 들어왔다. 삼백. 삼백. 삼백. 담임의 손을 거쳐 핸드폰이 다시 우일의 손에 들어왔다. 우일은 간신히 말했다.

"삼촌……."

삼촌은 정말 우일이 한 일이 맞는지만 물었다. 우일은 그렇다고 했고, 삼촌은 괜찮다며 집에서 보자고 했다. 우일은 울고 싶었다. 수치스럽고 삼촌에게 미안했다. 그때 수안이 소리쳤다.

"제가 말했잖아요. 저 사람이 저를 때리려고 해서, 우일이는 저 구해 주려고……."

"김수안, 네가 뭘 잘했다고 떠들고 있어! 이제 이런 사고까지 치고 다녀? 너도 다시 부모님이랑 면담 좀 해야겠다."

수안의 얼굴이 점점 구겨졌다. 담임이 우일에게 나가라고 했다.

죄송합니다, 우일은 고개를 숙이고 교장실 밖으로 나갔다. 다리가 휘청거려서 교실까지 갈 수가 없었다. 정신을 차리려고 고개를 흔드는데 교장실 문이 벌컥 열렸다. 수안이었다. 수안이 교장실 안을 보며 외쳤다.

"왜 쟤 말만 들어요? 왜 저 새끼 말만 듣고 내 말은 안 들어요? 왜요? 씨발, 대체 왜? 증거도 있잖아요. 다른 사람한테도 제가 모은 거 들려주고 물어봐요. 왜 내가 저 새끼한테 빌어야 해?"

안에서 "김수안!" 하고 크게 외치는 소리가 들렸지만, 수안은 문을 쾅 닫고 복도를 걸어갔다. 우일은 수안의 뒤를 따라갔다. 화가 났다. 앞서가는 수안을 돌려세우고 쏟아부었다.

"너 때문이야. 왜 날 데려갔어? 왜 그런 짓을 했어? 결국, 네가 할 수 있는 건 없었잖아. 아무 일도 없는 게 아니잖아. 결국, 그렇잖아. 삼백이야. 난 또 삼촌에게……. 난 지금 어떻게 해도 갚을 수도 없다고. 또 내가 할 수 있는 게 하나도 없다고!"

가만히 듣기만 하던 수안이 갑자기 복도 창문을 열고 소리를 질렀다. 창밖으로 강당과 조명탑이 보였다. 수안이 창문을 닫고 우일을 쳐다봤다. 우일은 수안의 눈에 눈물이 고인 것 같다고 생각했다. 창문을 열고 찬 바람을 맞아서 그럴 것이다. 우일의 생각이 맞는 듯, 수안의 입은 웃고 있었다. 수안이 말했다.

"미안해. 미안한데 이제 못 참겠어. 가슴이 터질 것 같아서 더는 못 참겠어."

찬 바람이 우일의 목덜미를 서늘하게 만들었다. 그게 무슨 말이냐고 묻기도 전에 수안은 몸을 돌려 교실로 들어갔다. 아이들이 수군거렸다. 수안은 조퇴했고, 우일에게 무슨 일이 있었느냐

고, 전학 후 처음으로 말을 거는 아이들도 있었지만 우일은 대답
하지 않았다.

집에 돌아간 우일은 옷도 갈아입지 않고 침대에 누웠다. 피곤
했다. 피곤하고 속도 엉망이었다. 삼촌이 돈 삼백을 쓸 것이고,
수안은 더 큰 징계를 먹을 거다. 나는 화에 못 이겨 수안을 비난
했고, 거기서 또 애새끼처럼 난 아무것도 못 하고……

억울했다. 내가 그렇게 잘못을 했나? 솔직히 수안이 그렇게 큰
잘못을 했나? 선생들은 왜 그럴까. 어디서부터 어디까지가 내 잘
못일까. 생각할수록 자신이 자꾸만 싫어졌다. 뭘 해야 하는지 알
수 없었다.

그러다 깜빡 잠이 든 것 같았다. 방문 너머로 달그락거리는 소
리에 우일은 눈을 떴다. 핸드폰을 확인하니 삼촌이 돌아올 시간
이 지나 있었다. 우일은 목 뒤편이 찌릿해지는 걸 느꼈다. 벌떡
자리에서 일어나 어두운 자신의 방을 살폈지만 떨어질 건 없어
보였다. 감각이 가리키는 건 좀 더 멀리, 그러니까 지금 달그락거
리는 소리가 들리는 곳이었다.

우일은 침대에서 내려와 방문을 열었다. 삼촌이 찬장에서 냄
비를 꺼내고 있었고, 그 옆에 접시가 떨어지려 하고 있었다. 우일
은 바로 몸을 날렸다. 접시가 바닥에 떨어져 깨지기 전에 간신히

잡고 바닥을 굴렀다. 휴, 안도의 한숨을 쉬는데 뭔가 이상했다. 방에서 여기까지 3미터가 안 넘나? 그럴 리가 없는데.

"어휴, 깜짝아."

삼촌이 안도하며 우일에게 손을 내밀었다. 우일은 삼촌의 단단한 손을 잡고 일어났다. 접시를 다시 찬장에 집어넣는데, 삼촌이 말했다.

"미안하다. 안 깨우려고 했는데……."

우일은 삼촌의 말에 울컥 화가 치밀었다. 삼촌이 삼촌의 집에서 왜 조용히 해? 왜 내가 깰까 봐 삼촌이 조심해? 조카 때문에 돈도 물어 줬으면서 뭐가 미안해? 그리고 또 라면으로 저녁 때우려고 했지? 아니 밥솥에 밥 있겠다, 냉장고에서 반찬 꺼내 먹는 게 그렇게 힘들어? 고생한다고 말하려 했는데, 정말 그렇게 말하려고 했는데, 우일의 입에선 엉뚱한 말이 튀어나왔다.

"삼촌, 나, 삼촌한테 짐이야?"

삼촌은 미간을 찌푸리다가 팟, 하고 웃음을 터뜨렸다. 우일은 얼굴이 달아오르는 걸 느꼈다. 너무 속마음을 꺼내 놓은 것 같았다. 삼촌이 손을 뻗어 우일의 머리 위에 얹었다. 남사스러워서 머리를 흔들어 삼촌의 손을 떨어뜨리려고 하는데 삼촌은 키를 재듯 손을 그대로 자기 턱에 가져가 댔다.

"너, 키 좀 컸냐? 원래 내 턱 아래였던 것 같은데."

갑자기 웬 키 얘기? 우일은 삼촌을 쳐다봤다.

"내가 공장에서 얼마나 큰 쇳덩이를 나르는지 모르지? 아령보다 훨씬 무거운 거야."

그러고는 턱에 대고 있던 손을 자신의 관자놀이에 가져가며 말했다.

"최소한 여기까진 커야 짐이지. 알겠냐? 그러니까 그때까진 걱정하지 마. 하긴 형이 작아서 네가 여기까지 클 수나 있을지 모르겠다."

뭐라는 거야, 노인네같이. 한마디 쏘아 주려 했는데 말이 나오지 않았다. 삼촌은 싱크대 쪽으로 몸을 돌려 냄비에 물을 받으며 라면을 먹겠느냐고 물었다.

우일은 눈물을 닦으며 고개를 끄덕였다.

▲ ▼ ▲ ▼ ▲

선거 날, 하늘은 우일의 마음만큼이나 까맸다. 수안을 기다렸지만 자리에 가방만 놓여 있을 뿐, 이미 강당으로 간 모양이었다. 우일이 강당 안에 들어섰을 때 아이들은 벌써 줄을 서 있었다. 담임이 우일을 확인하고 어서 오라고 손짓했다. 우일은 강단 옆쪽 작은 방에 들어갔다. 다른 후보들도 거기에 있었다. 입술을 풀고,

대본을 확인하는 애들에게도 약간의 긴장감이 비쳐 보였지만 우일만큼 긴장한 애는 없는 것 같았다.

그때 갑자기 문이 벌컥 열리더니 학생 주임이 들어왔다.

"너희, 스피커 못 봤냐?"

우일을 포함한 후보들이 고개를 젓자 학생 주임은 들어올 때처럼 후다닥 밖으로 뛰쳐나갔다. 후보들은 서로의 얼굴을 쳐다봤다. 학생 주임은 10분 정도 지나 다시 방으로 들어와서 말했다. 스피커랑 마이크가 없어졌으니까 그냥 최대한 큰 소리로 말하라고. 입을 풀던 후보가 물었다.

"아니, 그게 왜 없어졌어요?"

"몰라, 지난번 조회 때 쓰고 방송반 아이들이 잘 놔뒀다는데……. 일단 어쩔 수 없으니까 그냥 크게 크게 말해."

학생 주임이 나가자 기호 4번은 웃음을 터뜨렸다. 우일은 온몸이 떨려 오는 걸 느끼며 화장실에 다녀와도 될까 고민했다. 하지만 그럴 시간은 없었다. 곧바로 기호 1번이 불려 나갔다.

기호 1번은 옷매무새를 정리하고 당당히 밖으로 나갔다. 그리고 곧 그의 목소리가 들렸다. 크고 또박또박한 발음이었다. 우일은 마른침을 간신히 모아 삼켰다. 다른 후보들은 괜찮아 보였다. 심지어 4번은 구석에서 무언가를 만지작거리며 여전히 웃고 있었다. 저런 여유는 어디서 나올까. 나같이 여유 없는 애들은 뭐가 부족해서일까.

밖에서 박수 소리가 들렸다. 우일은 퍼뜩 정신을 차렸다. 곧 대기실로 기호 1번이 돌아왔다. 얼굴이 약간 상기되어 있었다. 우일의 턱엔 점점 더 힘이 들어갔다. 기호 2번, 밖에서 우일을 부르는 소리가 들렸다. 우일은 심호흡했지만 심장은 더더욱 크게 뛰는 것만 같았다. 후들거리는 다리를 간신히 붙잡고 우일은 밖으로 나갔다.

전교생이 자신을 쳐다보고 있었다. 우일은 강단 한가운데로 갔다. 인사, 우선 인사를 하자. 우일은 "안녕하십니까." 하고 고개를 숙였다. 안 들려, 뭐라고? 아이들의 목소리가 들렸다. 우일은 다시 배에 힘을 주고 인사했다. "안녕하십니까!" 목소리가 갈라졌다. 아이들이 웃음을 터뜨렸다. 학생 주임이 들고 있던 막대기로 바닥을 칠 때까지 웃음은 멈추지 않았다. 우일은 도망치고 싶은 걸 참으며 대본을 꺼냈다.

그때, 느껴졌다.

이런 감각은 처음이었다. 누가 목뒤를 칼로 찌르는 것 같은 느낌이었다. 우일은 떠는 걸 멈췄다. 재빨리 눈을 굴려 자신의 반 아이들이 서 있는 줄을 찾았다. 새로 맞춘 안경을 쓴 것처럼 눈앞이 또렷해졌다. 그리고 줄 앞부터 뒤까지 순식간에 훑었다.

역시 없었다. 수안이 강당에 없었다.

우일은 계속 아픈 목뒤를 부여잡고 강단에서 뛰어내렸다. 아이들이 영문도 모르면서 환호성을 지르고, 학생 주임이 우일의 앞을 가로막았지만 우일은 멈추지 않았다. 학생 주임을 피해 강당 밖으로 달리기 시작했다.

금방 수안을 찾았다. 우일은 고개를 들어 수안을 바라봤다. 강당 앞 조명탑 꼭대기에서 수안이 손을 흔들었다. 그 손 움직임에 맞춰 우일의 목뒤가 따끔거렸다.

"벌써 끝났어?"

수안의 말이 스피커를 통해 울렸다. 쟨 또 저걸 어떻게 짊어지고 올라간 거야. 우일은 웃음과 두려움이 섞여, 떨리는 입술 사이로 흐흐 하고 바람 빠지는 소리를 냈다. 수안은 마이크를 들고 있었다. 그리고 그 옆엔 강당에서 사라진 그 스피커가 놓여 있었다.

"야, 여기 생각보다 무섭다."

수안이 너스레를 떨었다. 우일의 뒤가 요란스러워졌다. 학생들과 선생들이 비명, 환호성, 온갖 소리를 지르며 강당에서 나오고 있었다. 핸드폰을 꺼내 드는 아이들도 있었다. 다시 아이들이 뒤섞여 한 덩어리처럼 보였다. 우일은 고개를 들어 수안을 보았다. 저 위에선 나도 덩어리 중 일부로 보일까. 우일의 생각을 들은 것처럼 수안이 어깨를 으쓱했다.

"아아, 마이크 테스트. 들려요? 다 들려요?"

수안이 마이크를 입에 대고 몸을 세웠다.

"뭐 하는 거야. 당장 내려와!"

학생 주임이 막대기를 휘둘러 대며 소리쳤다. 수안은 본 체도 하지 않았다. 수안의 목소리는 당당하고 얼굴엔 구김 하나 없었지만, 그래서 바람에 휘날리는 수안의 머리카락마저 전사의 아우라 같아 보일 지경이었지만, 우일은 볼 수 있었다. 수안의 다리가 떨리고 있다는 걸. 그건 떨어 본 사람만이 볼 수 있었다.

"저는 2학년 5반 김수안입니다. 알고 있습니다. 저를 어떻게들 보는지. 같이 놀던 양아치는 죽고 혼자 산 김수안. 미친년……. 솔직히 여러분이 저를 어떻게 보든, 조또 상관없습니다."

야유 같은 휘파람 소리, 웃음소리, 선생들의 탄식. 우일은 그냥 좀 들으라고 외치고 싶었다. 수안이 어떻게 서서 어떻게 말하고 있는지 보이지 않느냐고.

수안은 마이크에 자신의 핸드폰을 가져다 댔다. 그 아저씨의 목소리와 수안의 목소리가 번갈아 가며 나왔다. 매끄럽진 않았지만 어떤 의미가 담긴 말인지, 어떤 행동이 오갔을지 머릿속에 그려졌다. 아이들과 선생들이 점점 침묵했다.

바람이 거세졌다. 마이크로 바람 소리가 섞여들었다. 곧 녹음된 소리가 들리지 않을 정도였다. 수안은 스피커의 전원을 끄고 마이크를 내려놨다. 수안은 이제 두 손을 입가에 모으고 소리 쳤다.

"내 친구는……!"

수안의 목소리가 요동쳤다. 조명탑이 요란하게 삐걱거리는 소리를 냈다. 결국, 수안이 비틀거리다 난간을 잡고 주저앉았다. 몇 몇 아이들이 비명을 질렀다. 모두가 입을 틀어막고 있었다. 학생주임만이 주머니를 뒤적이며 119, 119, 중얼거리고 있었다.

바람에 빗방울이 섞이기 시작했다. 최악이었다. 모두가, 모든 것이 수안에게 떨어지라고 하는 것만 같았다. 떨어져 버리라고. 네가 할 수 있는 건 없다고. 수안은 두 손으로 난간을 꼭 잡은 채 일어나지 못하고 있었다. 우일은 한 걸음 앞으로 나갔다. 우일이 다가갈수록 조명탑의 소름 끼치는 소리가 크게 들려왔다. 수안과 눈이 마주쳤을 때, 이제야 우일은 무엇을 해야 하는지 알 수 있었다. 우일은 확신에 차 소리쳤다.

"말해. 겁먹지 말고 계속 말해. 떨어지면 내가 받아 줄게. 저번에 내가 말했던 거 생각나? 초능력이 있다고. 그러니까 한 번만 날 믿어. 제발 딱 한 번만."

모두가 우일을 보고 있겠지만 우일은 두렵지 않았다. 오랜만에 삑사리도 나지 않았다. 우일은 수안이 살짝 미소 지었다고 생각했다. 잠시 뒤에 수안은 다시 꼿꼿하게 몸을 세웠다. 숨을 깊게

들이쉬고 수안은 다시 말하기 시작했다. 자신을 보고 있는 사람들에게. 자신을 비웃었던 사람들에게. 자신을 욕했던 사람들에게. 모든 것을 말하는 수안의 목소리는 하나도 떨리지 않았다.

수안이 말을 끝냈을 때 사방은 조용했다. 빗방울이 바닥에 부딪치는 소리만 들려왔다. 우일은 비에 젖은 목뒤로 통증이 극에 달한 걸 느꼈다. 올해 들어 가장 강한 바람이 불었다. 조명탑이 기우는 듯했다. 휘청거리던 수안이 난간 밖으로 중심을 잃고 떨어지기 시작했다. 누군가 비명을 질렀다. 우일은 수안에게서 눈을 떼지 않았다. 수안이 떨어지는 지점으로 우일은 발을 옮겼다. 양팔을 뻗고 우일은 수안 쪽으로 달렸다. 잡을 수 있어. 내가 잡을 수 있어. 너는, 너만은 내가 잡을 수 있어. 우일은 이를 물었다.

순식간이었다. 우일은 수안을 낚아챘다. 아니, 그보다는 수안이 우일에게 떨어졌다. 둘은 진흙 바닥에 포개어 넘어졌다. 학생과 선생들이 달려들었다. 잠시 뒤에 수안이 고개를 들고 우일을 바라봤다. 우일은 수안과 눈을 마주쳤다. 우일의 눈에서 눈물이 참을 새도 없이 주르륵 흘러내렸다. 멀리서 사이렌 소리가 들려왔다. 우일이 천천히 입을 열었다.

"나, 나, 갈비가 나간 것 같아."

수안은 자기가 사 온 케이크를 벌써 절반은 파먹고 있었다. 우일은 나무젓가락을 손에 쥔 채 그 모습을 바라보기만 했다. 병실은 시끌벅적했다. 노인들이 많아서 그런지 텔레비전 볼륨이 지나치게 컸다. 각자 집에서 싸 온 반찬을 꺼내 먹기도 해서 공기까지 탁했다. 그래도 밥때마다 우일에게도 반찬을 나눠 주어 맛없는 병원 밥을 간신히 욱여넣을 수 있었다.

수안을 위해 부른 구급차를 타고 우일이 실려 가 입원한 뒤로 수안은 매일 찾아와 이야기하다 갔다. 조명탑 둘레에 범죄 현장처럼 차단선이 둘렸다는 이야기. 자신은 정학 징계를 받게 될 뻔했지만, 누가 유튜브에 올린 자기 동영상이 화제가 되어서 봉사로 끝났다는 이야기. 늦춰진 선거에서 전교 회장은 기호 4번이 됐다는 이야기…….

"4번이? 걔 좀 이상해 보이던데."

"실제로 이상했어. 연설하다가 갑자기 바리캉으로 자기 머리를 밀었거든."

아아, 우일은 대기실에서 진동 소리를 내던 게 무엇인지 깨달았다. 고개를 천천히 끄덕이다가 목덜미에서 감각을 느낀 우일은 창가 자리 할아버지에게 소리쳤다.

"할아버지, 또 리모컨 떨어져요."

텔레비전에 정신이 팔렸던 할아버지는 화들짝 놀라 테이블 아래로 떨어지기 직전에 리모컨을 잡았다. 그리고 감사의 인사라도 하는 듯 우일에게 부러진 팔을 휘저었다.

"야, 이제 난 간다."

수안이 우물거리며 말했다. 케이크는 우일이 손 한 번 대지 않았는데도 반의 반 정도만 남아 있었다. 우일은 헛웃음이 나오는 걸 참고 손을 흔들어 주었다. 수안이 병실 밖으로 나가기 전에 무언가 생각난 듯 말했다.

"아, 우리 이제 그 새끼 어떻게 조지지?"

쓰기 시작할 때 가장 먼저 떠올렸던 건 떨어지는 사람을 낚아채는 청소년의 이미지였습니다. 그 이미지는 어딘가 히어로 같았습니다. 다만 떨어지는 사람도 히어로였으면 좋겠다고 생각했습니다. 그렇게 우일과 수안이 만들어졌습니다. 다르지만 비슷한 두 아이가 다른 목표를 가졌지만 서로를 도우며 행동했으면 바랐고, 우일과 수안이 이야기 속에서 잘 만난 것 같아 다행입니다.

요즘은 운동을 하고 있습니다. 어떤 일을 시작하려고 할 때 가장 큰 걸림돌이 체력이라는 걸 실감하고 있습니다. 어디 나가지는 못하고 집 안에서 팔굽혀펴기를 하거나 스쾃을 하거나 턱걸이를 합니다. 열심히는 아니어도 꾸준히는 하고 있습니다. 〈캐치〉 속 삼촌처럼 아령을 번쩍번쩍 들지는 못하지만, 언젠가 그럴 수 있는 어른이 되고 싶습니다.

정해연

어쩌면, 기적

"언니, 진짜야?"

저녁을 먹고 방으로 올라오기 무섭게 보영이 보민에게 물었다. 먼저 방으로 들어선 보민은 아직 긴장이 풀리지 않았는지 주먹을 움켜쥐고 몸을 부르르 떨었다. 두근거리는 심장을 가라앉히려는 듯 손을 가슴에 얹고 크게 숨을 뱉으며 말했다.

"정말이야. 국가 대표 선발전에 나갈 거야."

말을 마친 보민은 스스로 결심하듯 응, 하고 고개를 힘껏 끄덕였다. 그러고는 비밀이라도 얘기하듯 목소리를 낮추고 속삭였다.

"나한테는 이게 있잖아, 목걸이."

보민이 목 근처에 손을 대었다. 얇은 줄에 매달린 진회색의 돌이 보민의 손가락 사이에서 이리저리 굴렀다. 보민은 소중한 것이라도 되는 듯 엄지와 검지로 진회색의 돌을 문질렀다.

"거짓말이 아니었어. 이건 정말로 생각하는 대로 다 들어주는 돌이었다고."

"으응……."

잔뜩 흥분한 보민은 뜨뜻미지근한 보영의 반응을 눈치채지 못한 것 같았다. 보민은 꿈이라도 꾸는 것 같은 눈으로 허공을 보며 말했다.

"난 내가 정말 되는 게 없는 사람이라고 생각했어. 공부 잘하는 너와는 다르게 난 잘하는 것도 없고 야무지지도 못하고. 그런데 이 돌이 생기면서 생각하는 대로 전부 이뤄졌어. 너도 봤잖아! 난 이제 이 돌의 힘을 믿어. 이번에 꼭 국가 대표 선발전에 나가서 아빠 보란 듯이 종합 선수권 대회 출전권을 따 올 거야."

보민은 초등학교 3학년 때부터 피겨 스케이팅을 배웠다. 처음엔 부모님이 내성적인 성격을 고쳐 보자며 권유해서 시작했지만, 지금은 보민이 피겨 스케이팅에 재미를 느껴 계속하고 있다. 하지만 국가 대표 선수가 될 만한 실력은 없는 것 같아서 요즘은 아빠가 보민이 스스로 포기하기를 내심 바라고 있는 상황이었다. 어차피 운동선수가 될 수 있는 실력이 아니라면 돈과 시간을 낭비하지 말자고 말씀하신 적도 있었다. 그 와중에 국가 대표 선발전에 참여하겠다는 것은 피겨를 중단하지 않겠다는 선언과 다르지 않았다.

두 달 앞으로 다가온 국가 대표 선발전은 종합 선수권 대회 출전권이 걸린 중요한 경기였다. 국가 대표 선발전 3위 안에 들어야 종합 선수권 대회 출전권을 받을 수 있다. 보민은 당당히 입상해서 자신의 실력을 보여 주겠다며 아빠를 설득했다.

"이 목걸이 덕분에 출전권은 당연히 따겠지만, 그래도 아빠한테 말할 때는 엄청 긴장됐어."

가슴을 쿵쿵 때리던 보민이 침대에 벌러덩 드러누웠다. 얼굴이 상기되어 있었다. 그런 보민을 보는 보영의 얼굴은 어두웠다.

보영은 언니 보민과 관계가 상당히 좋았다. 한 살 차이라 대부분 자주 싸울 것 같다고 말하곤 했지만 두 사람은 단 한 번도 싸운 적이 없었다. 잘 맞는다기보다는 오히려 너무 달라서 그럴 거라고 보영은 생각하고 있다. 적극적이고 활달한 보영과는 달리 보민은 심하다 싶을 정도로 내성적이었다. 보영은 잘 되든 아니든 일단 도전해 보는 쪽이라면 보민은 완전히 반대였다. 그뿐만이 아니다. 하다못해 방 정리를 해도 똑 부러지게 하는 보영과 달리 보민은 야무지지 못했다. 엄마가 심부름을 시켜도 보민은 꼭 한 가지씩은 실수를 했고, 실수 후에는 내성적인 성격 탓에 자책도 심했다. 중학교 2학년인 보영은 다른 학년 선생님들 사이에서도 유명한 우등생이지만, 같은 학교 3학년인 보민은 눈에 띄지

않는 학생이었고, 공부도 그저 그런 성적을 유지하는 게 고작이
었다.

워낙 내성적이고 소심한 탓에 언니 보민은 돈 주고 산 물건이
불량품이어도 바꿔 달라는 말조차 하지 못했다. 최근에는 학교
앞 문구점에서 산 팔레트가 문제였다. 보민이 비닐로 포장된 팔
레트를 샀는데, 학교에 가 뜯어 보니 팔레트 모서리가 깨져 있었
다. 흠집 정도가 아니라 물감을 담으면 샐 정도였다. 보영 같으면
문구점에 사정을 얘기하고 교환하는 것이 큰 문제가 아닌데 보민
은 달랐다. 혹시 자기가 팔레트를 들고 가다 깨진 것이라고 문구
점 아저씨가 주장하면 어떻게 하냐는 것이 보민의 걱정이었다.
거의 두려워하는 표정까지 짓는 보민을 보고 보영은 깊은 한숨을
쉬었다.

"정말 어쩔 수 없네."

보영이 고개를 흔들며 말하고는 결국 보민과 함께 문구점으로
가 팔레트를 바꿔 주기까지 했다.

자기주장을 확실히 말하지 못하는 것은 부모님한테도 예외가
아니었다. 바로 이런 성격을 고쳐 보자며 부모님이 보민에게 피
겨 스케이팅을 시켰던 것이었다. 보민은 운동을 좋아하지도 않
았고, 심지어 스케이트를 타는 걸 무서워했는데도 아무 말 못 하
고 결국 피겨 스케이팅을 시작하게 됐다. '잘하는 것도 없으면서

이것저것 다 싫다고 하면 어쩔래?' 하는 소리를 들을까 봐 무서웠다는 말에 보영이 한숨을 푹 내쉰 것도 무리는 아니었다. 보민이 피겨 스케이팅을 시작하고 나서 생각보다 재미있다고 느끼게 된 것은 그나마 다행이었다.

항상 보민의 고민을 들어 주는 것도 동생인 보영이었다. 보민은 늘 우는 얼굴로 보영을 붙잡고 하소연했다. '정말 어쩔 수 없네.' 하고서 돈을 덜 거슬러 준 편의점 직원에게 따지거나, 책을 빌려 가고 돌려주지 않는 보민의 친구에게 문자를 보내는 것도 모두 보영이 대신 해 줬다.

"형만 한 동생 없다더니 그렇지도 않네."

어른들에게서 이런 식의 이야기는 여태껏 몇 번이고 들어 왔다.

심지어 보민은 운도 없었다. 인형 뽑기를 해도 어쩌다 한 번은 성공하는 보영과 다르게 보민은 인형을 하나도 뽑지 못했다. 보영보다 돈을 두 배나 더 들이고서도 말이다. 동네에서 인형이 엄청 뽑힌다고 소문난 기계였는데도 보민은 단 한 번도 뽑지 못했다.

남들처럼 운으로는 단돈 100원이라도 주운 적이 없었고, 비 오는 날 같이 걸어도 꼭 보민이 찻길 쪽으로 걸을 때에만 쌩쌩 달리는 차에 물벼락을 맞곤 했다. 보민은 '난 운이 없어.'라는 소리를 입에 달고 살았다.

"난 국가 대표가 될 거야."

보민이 목걸이의 진회색 메달을 손가락으로 계속 만지작거렸다. 그래, 목걸이. 필요한 것도 사 달라고 제대로 말하지 못하던 보민이 갑자기 당당하게 힘 있는 목소리를 내게 된 것은 저 목걸이 때문이었다.

그것은 3주 전쯤 보영과 함께 집으로 오는 길에 노점에서 산 물건이었다.

"소원을 들어주는 운석이야, 학생."

다양한 장신구가 있어 잠시 구경했을 뿐 보영은 사지 않았다. 만 원이나 되는 가격도 부담스러웠지만 진짜 운석이라면 이렇게 싸게 팔 리도 없거니와 소원을 들어준다는 말은 허무맹랑하게 느껴졌기 때문이었다. 하지만 보민은 결국 지갑을 꺼내 들었다. 구경만 실컷 하고 사지 않겠다고 할 수 없다는 이유였다.

보민이 계산할 동안 보영은 목걸이를 만지작거리며 살펴보았다. 예쁘지 않은 것은 아니었지만 뭔가 속아 산 기분이 계속 남았다. 계산을 마치는 보민을 기다렸다가 목걸이를 건네줬다. 그런 걸 왜 사냐고 묻지는 않았다. 어차피 보민이 산 것이고, 보민의 기분이 좋다면 그걸로 된 게 아닌가 생각했던 것이다.

'어? 잠깐.'

그때 보영의 머릿속에 좋은 생각이 떠올랐다. 요즘 들어 더욱 '나는 안 돼.'라는 말을 입에 달고 사는 보민에게 저 목걸이를 이용하면 잠깐의 즐거움을 줄 수 있을지도 모른다는 생각이 들었다.

처음에 보영은 5,000원짜리 지폐를 이용했다. 함께 하교하는 길, 보민이 잠깐 다른 곳을 보는 사이에 보민의 발 앞에 5,000원을 흘려 놓았다. 자신은 보지 못한 척 보민이 줍게 하려는 생각이었다. 그런데 보민이 보지 못한 채 5,000원을 스쳐 지나가려고 했다. 잘못하면 애써 모은 5,000원이 다른 사람 손에 들어갈지도 몰랐다. 보영은 중심을 잃은 척 보민을 밀었다. 갑작스레 당한 일에 보민은 발이 꼬여 넘어졌다. 땅을 짚은 보민의 손끝에 5,000원이 걸렸다.

"어, 5,000원이다."

"언니, 좋겠다!"

보영은 일부러 잔뜩 부러운 듯한 소리를 지르며 수선을 피웠다. 어리둥절하던 보민의 입가에도 배시시 웃음이 피었다. 보영은 일부러 더 목소리를 키웠다.

"웬일이야! 정말로 그 운석 덕분 아니야?"

"에이, 그럴 리가."

보민은 말도 안 된다고 고개를 내저었다. 그래도 5,000원을 주웠으니 기분은 좋은 것 같았다. 그 돈으로 보영에게 떡볶이를 사 줬다. 어차피 제 돈이었지만 보영은 언니가 웃는 걸 보니 기분이 좋았다.

다음 날 보영은 주번이라고 거짓말을 하고 일부러 보민보다 일찍 학교로 향했다. 가는 길에 있는 인형 뽑기 가게의 준서 삼촌이 마침 문을 열고 있었다. 삼촌은 아빠의 대학 후배였다. 어렸을 적부터 자주 본 터라 삼촌이라는 호칭을 썼다. 보영은 공손히 인사를 하며 가게 안으로 들어갔다.

"삼촌, 부탁드릴 게 있는데요."

보영은 기계의 집게 부분을 조절하면 인형이 잘 잡히게 하거나 반대로 잘 잡히지 않게 할 수 있다는 것을 알고 있었다. 보영은 언니와의 사정을 이야기하면서, 2만 원을 미리 줄 테니 보민이 인형을 잘 뽑을 수 있도록 기계 한 대만 조작해 주기를 부탁했다.

"기특한데?"

준서 삼촌은 웃으며 보영의 머리를 쓰다듬었다. 다음 날 아침 같은 시간대에 맨 끝에 있는 기계만 살짝 조작해 인형을 뽑을 수 있도록 해 주겠다고 약속했다. 그리고 다음 날 보영이 보민을 유도해 그 기계를 이용하게 했고, 보민이 커다란 인형을 뽑는 것은 당연한 일이었다.

보민은 크게 기뻐했다. 되는 게 없는 인생이라고 생각했는데 운석 목걸이를 사면서 뭔가 바뀐 것 같다고 말했다. 보영도 뿌듯했다. 언니가 설마 운석이 정말로 소원을 이뤄 준다고 믿겠느냐만은 적어도 '난 되는 게 없어.'라는 생각을 버리길 바랐었다.

하지만 일은 자신의 뜻과는 반대로 흘러갔다. 운석의 힘을 완전히 믿어 버린 보민이 갑자기 피겨 스케이팅 국가 대표 선발전에 나가겠다고 한 것이다. 그런 대회는 보영이 어떻게 해 볼 수 있는 것이 아니었다.

▲ ▼ ▲ ▼ ▲

"꼼꼼하고 야무진 건 우리 보영이지. 공부도 혼자서 잘하고, 운동이든 뭐든 못하는 게 없어. 내 딸이지만 얼마나 기특한지. 보민이? 보민이는 착하긴 한데……. 언니면서도 야무진 맛이 없어 걱정이야."

엄마가 이모와 하는 전화 통화를 들은 이후로 보민은 더욱더 우울했다. 노력을 안 했던 것은 아니었다. 자신도 엄마 아빠의 자랑이 되기 위해 열심히 공부해 봤지만 보영이처럼 전교에서 다섯 손가락 안에 드는 등수를 받을 수는 없었다.

요즘 보민이 몰두하고 있는 것은 피겨 스케이팅이었다. 억지로 시작한 것이었지만, 가만 생각해 보니 보영보다 잘하는 유일한 것이기도 했다. 물론 대한민국 피겨 스케이팅의 전설인 김연아 선수나 현역 국가 대표 선수들만큼 잘하는 것은 아니었지만 훈련이나 경기가 있을 때마다 엄마가 함께 와 돌봐 주는 것이 좋았다. 더군다나 링크 위에서는 다른 사람이 되는 기분이기도 했다. 어디 가서 말도 잘 하지 못하는 자신이 안무를 하다니, 스스로도 놀라웠다. 음악과 함께 활주를 시작하면 자유로워지는 기분이 들곤 했다. 처음부터 좋아했던 운동은 아니었지만 요즘 들어 피겨 스케이팅을 더 잘하고 싶다는 욕심이 생겼다. 아빠가 피겨 스케이팅을 그만했으면 하는 눈치를 보이긴 하지만 보민은 아직 그럴 생각이 없었다.

그날 아침도 아빠는 보민에게 뭔가 할 얘기가 있는 듯했다. 학교 주번이라고 거짓말을 하고 서둘러 식탁에서 빠져나왔다. 아빠의 마음은 알지만 조금 더 열심히 하면 보영보다 나은 뭔가를 보여 줄 수 있을 것도 같았다.

"훈련?"

조퇴 사유서를 받아 든 담임 선생님의 눈초리가 별로 곱지 않았다. 평소에도 훈련으로 몇 번씩이나 조퇴 사유서를 제출해 왔기 때문에 당연히 승인이 어렵지 않을 거라 생각했다. 하지만 오늘따라 담임 선생님은 곧장 사인하지 않고 보민을 올려다보았다.

"잘해?"

"그냥 좀⋯⋯."

보민의 목소리는 여지없이 기어들어 갔다. 모르는 사람이 보면 혼나고 있는 상황이라 생각할 것이었다.

"이야, 너같이 내성적인 애가 그렇게 짧은 옷 입고 춤춘다니, 진짜 신기하다."

담임 선생님의 말에 옆에 앉아 있던 영어 선생님까지 웃음을 터뜨렸다. 보민의 고개가 더욱 수그러들었다.

"대회에서 1등 해?"

"아니요. 그 정도는 아니에요."

"에? 국내에서도 1등을 못 한다구? 그럼 왜 하는 거야?"

"네?"

"아니, 운동으로 먹고살 수 있는 것도 아니면 공부나 해야지 그걸 왜 하냐구. 중학교 3학년이 얼마나 중요한 시기인데. 안될 것 같으면 빨리빨리 진로도 바꾸고 그래야지."

꼭 1등이어야만 하나. 사람이 꼭 돈 벌 수 있는 일만 해야 하나. 잘할 수 있는 것만 해야 한다면 도전이라는 단어는 왜 있겠는가. 그런 항의는 목구멍을 간질일 뿐 입 밖으로 나와 주지 않았다. 어두운 얼굴로 고개를 숙이고 있는 보민의 입이 열릴 기미가 보이지 않자 담임 선생님은 머쓱한 듯 말했다.

"아니, 걱정돼서 하는 말이지."

담임 선생님은 보민이 제출한 사유서에 무성의하게 사인했다.

"잘하고 와."

목소리에 열의는 없었다. 보민은 고개만 꾸벅 숙이고 교무실을 나왔다.

그날 훈련을 마치고 집으로 돌아오는 보민의 마음은 무거웠다. 코치님이 국가 대표 선발전에 출전할 사람은 신청서를 제출하라고 했기 때문이었다. 보민은 하고 싶었다. 등수에 들지 못한다 하더라도 대회에 참가하면 적절한 긴장감이 생겨 더욱 열심히 훈련하게 된다. 하지만 선발전에 출전하려면 코스튬(피겨 의상) 정도는 새로 준비해야 했다. 이번 시즌에 보민은 비용 때문에 새로운 안무를 받지 못했다. 그래서 지난 시즌 안무 그대로 출전한다고 해도 코스튬을 바꿔 분위기를 전환할 필요가 있었다. 돈이 또 들어야 한다고 하면 아빠는 물론이고, 취미로라도 하라던 엄마까지 반대할 가능성이 컸다. 어떻게든 이번 주 금요일 저녁 훈련에서 엄마에게 가능성을 보여 줘야 한다. 그런 생각에 더욱더 부담이 되고 마음이 무거웠다.

그러던 와중에 만난 것이 운석 목걸이였다.

액세서리를 늘어놓은 가판에 〈소원을 들어주는 운석 목걸이〉라는 안내 문구가 조악한 글씨로 적혀 있었다.

소원을 들어준다는 말 따위는 믿지 않았지만 왜인지 눈길이

갔다. 자신이 바라보는 순간 반짝거린 것도 같았다. 보영은 말도 안 된다며 지나치려 했지만, 보민은 목걸이를 사기로 했다. 목걸이 매대에 다가갈수록 뭔가 강하게 끌리는 느낌과 동시에 가슴속이 뜨끈해지는 기운 같은 것이 느껴졌기 때문이었다.

그렇다, 믿음. 보민에게는 지금 그것이 필요했다.

그런데 다음 날부터 이상한 일이 벌어지기 시작했다. 단 한 번도 보민에게는 찾아와 준 적 없는 운이 찾아왔다. 길에서 돈을 줍기도 했고, 한 번도 뽑아 보지 못했던 인형을 뽑기도 했던 것이다. 보민의 일상은 평소와 다를 게 없었다. 목에 걸린 목걸이의 운석을 쥔 채 '제발!' 하고 기도했다는 것 외에는. 알 수 없는 자신감이 가슴속을 뻐근하게 메웠다.

이 기세로 그날 저녁 보민은 엄마, 아빠에게 국가 대표 선발전에 출전하겠다고 선언했다. 예상했던 대로 엄마와 아빠는 조심스레 만류하기 시작했다. 보민은 그 어느 때보다 확신에 찬 얼굴로 말했다.

"엄마, 이번 주 금요일 훈련에서 제가 제대로 해내지 못하면 저도 포기할게요."

자신감이 머리끝까지 차오르는 기분이었다. 뭐든지 할 수 있을 것 같았다. 단순히 돈을 줍고 인형을 뽑았다고 해서 운석을 믿는 것은 아니었다. 지금 보민에게는 믿음이 필요했다. 그동안 스스로에게조차 주지 않았던 믿음, 그것을 운석에게 걸고 있었다.

금요일이 되었다.

보민이 호언장담한 것이 있어서 그런지 이번 훈련만큼은 아빠도 일찍 퇴근하고 참관하겠다고 했다. 제대로 된 모습을 보여주지 않으면 이번에야말로 그만두게 할 거라고 생각하고 있는지도 모른다. 그래서 보민은 아침부터 긴장 상태였다. 운석을 만지작거리며 잘될 거라고 마음을 다잡았다. 이상한 일이었다. 운석을 만지면 왠지 따뜻한 온기가 느껴졌다. 뭔가 될 것 같은 기분이 들었다. 자신감. 운석은 보민에게 그것을 주고 있었다.

"점심 먹으러 안 가?"

같은 반 친구인 영선이 보민의 어깨를 쳤다. 보민은 어색하게 웃으며 고개를 가로저었다.

"속이 안 좋아서. 가서 먹고 와."

속이 안 좋다는 것은 거짓말이었다. 피겨 스케이팅은 무엇보다 몸무게 관리가 중요했다. 몸이 가벼워야 점프가 잘되었다. 많은 가산점이 점프에 걸려 있는 만큼 시즌 중 몸무게 관리는 필수였다. 훈련이 있는 날은 더욱더 음식 섭취를 제한했다. 아침에는 엄마가 차려 주는 밥을 챙겨 먹지만 점심에는 간단한 과일을 먹고, 저녁에는 약간의 시리얼만 먹거나 굶어 왔다. 하지만 오늘은 아예 점심부터 식사를 하지 않기로 했다.

하교 시간, 교문 앞에 엄마의 차가 와 있었다. 한 시간 먼저 끝난 보영도 함께였다. 보영의 얼굴을 보자 긴장됐던 마음이 살며시 풀어졌다.

링크에 들어선 보민은 먼저 가볍게 몸을 풀었다. 퇴근하고 온 아빠가 엄마와 보영의 옆에 서서 보민을 지켜보았다. 보민은 긴장하지 않으려고 슬쩍 시선을 돌렸다. 그러고는 목에 걸린 운석 목걸이를 다시 만지작거렸다.

'될 거야. 될 거야.'

코치님의 호명이 시작되었다. 호명된 순서대로 링크를 오롯이 차지해 연습할 수 있었다. 이번 시즌 곡에 맞춰 온전히 연습할 수 있는 시간이었고, 국가 대표 선발전에 출전하려면 반드시 부모님께 가능성을 보여야 하는 시간이었다.

앞에 네 명의 차례가 끝나고 드디어 보민의 이름이 불렸다. 보민은 링크의 중앙에 가서 섰다. 이번 시즌의 음악은 지난번과 같았다. 새 작품을 들고 나온 아이들과 비교되긴 했지만 보민은 주눅 들지 않으려 마음을 다잡았다.

링크가 조용해졌다. 보민은 포즈를 취했다. 음악이 시작되기 직전까지의 아주 짧은 순간 동안 엄마와 아빠, 그리고 보영의 얼굴이 눈에 들어왔다. 보영은 보민만큼이나 긴장해서는 양손을 기도하듯 모은 채 링크 중앙을 바라보고 있었다. 항상 보민을 응원해 주는 보영은 정말 좋은 동생이었다. 그런 동생 앞에서 반드시 멋진 모습을 보이고 싶었다.

음악이 시작되었다. 첫 포즈에서 이어지는 안무를 마친 후 바로 첫 번째 점프를 준비했다. 점프를 위해 달려가는 속도가 빠를수록 점프의 비거리가 길어지면서 충분한 회전이 가능했지만 긴장 때문에 그런지 평소보다 속도가 줄었다. 하지만 타이밍을 놓치지 않고 보민은 힘껏 점프했다. 공중에 떠올라 거의 반사적으로 어깨를 움츠리고 팔을 가슴에 모은 후 무릎을 붙였다. 회전 속도를 높이기 위함이었다. 그런데 첫 점프에서 곧장 뭔가 잘못된 것을 느꼈다. 회전축이 살짝 오른쪽으로 틀어졌다.

'넘어진다!'

바로 느낌이 왔다. 보민은 이를 악물었다. 첫 점프에서 넘어지면 감점은 물론이고 전체적인 안무의 균형도 틀어질 뿐만 아니라 선수 스스로의 마인드도 무너지기 마련이었다. 이렇게 끝나는 건가. 아빠의 얼굴이 떠오르면서 보민의 스케이트가 얼음에 닿을 때였다.

발끝에서 평소와는 다른 감각이 느껴졌다. 뭔가 발을 꽉 잡아주는 기분. 얼음이 자신을 빨아들이는 기분이었다.

보민은 정확히 얼음 위에 착지했다. 기뻐할 틈도 없이 두 번째 점프로 바로 연결했다. 트리플 러츠에 이은 트리플 토룹 점프였다. 수없이 보아 왔던, 김연아 선수의 정석에 가까운 점프 모습이 머릿속에 떠올랐다. 그것 말고는 아무 생각도 없었다. 정신을 차렸을 때는 어느새 정확한 랜딩을 마친 뒤였다.

와아아아. 함성이 터졌다.

▲　▼　▲　▼　▲

그동안 보민은 트리플 러츠, 트리플 토룹 연결 점프를 성공시킨 적이 한 번도 없었다. 엄마는 조금 긴장한 듯한 얼굴이었지만, 아빠는 점퍼 주머니에 손을 넣고 무덤덤하게 바라보고 있었다. 그다지 기대하고 있는 얼굴은 아니었다. 이번에 너무 자신만만했던 보민을 떠올리며 보영은 양손을 모아 쥐었다.

'제발, 제발!'

차마 보지 못할 것 같아 꾹 감은 두 눈 위로 함성이 쏟아졌다. 보영은 눈을 떴다. 랜딩에 성공한 보민이 두 번째 점프 연결 동작을 하고 있었다.

넘어지지 않았다. 점프에 성공했다!

보민은 눈을 크게 떴다. 그 뒤의 모든 것은 마치 꿈처럼 지나갔다. 보민은 두 번째 점프를 성공시킨 데에 이어 스텝 시퀀스와 레이백 스핀을 완벽히 해냈다. 한쪽 다리를 뒤로 들어 올려 다른 한쪽 다리로만 하는 레이백 스핀은 허리가 약한 보민이 가장 힘겨워하던 것이었는데, 축이 조금도 무너지지 않았다. 보민은 오늘 마치 신이라도 내린 것처럼 가볍게 뛰었고, 아름답게 춤을 췄다. 마지막 더블 악셀 점프를 끝내고 싯 스핀을 한 다음 최종 포즈와 함께 강렬한 울림으로 음악이 끝났다.

우레와 같은 박수가 터졌다.

보민의 코치가 박수를 치다가 기뻐서 깡충깡충 뛰는 것이 보였다. 엄마 눈은 휘둥그레졌고, 아빠 얼굴엔 희열이 가득했다. 두 사람은 보영이 옆에 서 있는 것도 잊고서 재빨리 링크로 내려갔다.

링크에는 이미 다음 사람의 음악이 울려 퍼지고 있었지만 사람들의 눈은 보민에게서 떠나지 않았다. 다른 아이들의 부모님들이 보내는 부러움과 시기의 눈빛이 가장 많았다. 보영도 부모님을 따라 보민에게로 갔다.

"언제 이렇게 연습한 거니? 정말 대단했어! 이대로 국가 대표 선발전에 나가도 될 정도야! 내가 코치지만 갑자기 이렇게 실력이 늘다니 믿을 수가 없다!"

보민의 어깨를 감싸 쥐며 코치님이 격앙된 목소리로 외쳤다. 보민 곁으로 온 부모님을 보고 코치님이 득달같이 말했다.

"어머님, 대체 어떻게 된 거죠? 보민이가 180도 변했네요. 스텝, 스핀, 점프, 뭐 하나 나무랄 데가 없어요. 완전히 천재의 등장이에요! 혹시 그동안 다른 링크 가서 연습한 건 아니죠?"

엄마가 얼떨떨한 얼굴로 대답했다.

"아니요. 그런 건 아닌데, 저도 깜짝 놀랐네요. 우리 보민이가 언제 이렇게 실력이 좋아졌는지. 그동안 국가 대표 선발전 나간다고 졸라서 왜 그러나 했는데, 괜히 그런 게 아니네요!"

"보민아, 아빠는 정말 놀랐다."

"아버님, 오늘 보민이 실력으로만 보면 김연아 선수의 리즈 시절이라고 생각해도 좋을 정도예요. 천재예요, 천재!"

아빠와 엄마, 코치님, 누가 먼저랄 것도 없이 보민을 칭찬하기에 바빴다. 그 가운데에 선 보민의 얼굴이 살짝 붉었다. 쑥스러워하면서도 환한 웃음을 감추지 못했다. 이 중에서 가장 기쁜 것은 보민일 테지만 보영도 못지않게 기뻤다. 한편으로는 신기하게 느껴졌다. 따로 연습을 하지 않았는데도 갑자기 이렇게 실력이 좋아질 수 있는 건가?

"언니, 완전 멋있었어!"

보민을 둘러싼 아빠와 엄마, 코치님 사이를 간신히 뚫고 들어간 보영이 보민의 팔을 살짝 잡았다. 보민이 보영을 보더니 눈짓을 했다. 잠깐 따라오라는 제스처였다. 보민의 실력에 대한 극찬을 멈출 줄 모르는 부모님 사이를 빠져나와 두 사람은 조금 외진

곳으로 갔다.

보민은 흥분한 기색을 감추지 못했다.

"이 목걸이, 진짜야!"

"응?"

갑자기 무슨 소린가 싶어 보영이 되물었다. 보민은 목에 찬 운석을 만지작거렸다.

"난 그냥 운석 목걸이에 대고 빌었어. 그리고 음악이 흐르는 내내 완벽한 안무를 머릿속에 떠올렸거든? 근데 발이랑 몸이 저절로 움직였어."

"뭐?"

보영은 황당해서 눈을 크게 떴다. 돌이 소원을 들어준다니. 그런 일 따위는 있을 리가 없다. 요즘 보민에게 찾아온 몇 번의 소소한 행운은 보영이 만들어 준 것이었다. 그 일로 보민의 기분이라도 좋아지길 바라는 마음이었다. 국가 대표 선발전에 나간다고 했을 때는 이를 어쩌나 싶었지만, 어쨌거나 자신의 뜻을 분명하게 말한다는 것은 좋은 거라고 생각했다. 오늘 보민이 보인 실력은 훌륭했지만, 그것은 지금껏 아빠의 반대에도 포기하지 않았던 보민의 노력과 보영이 만들어 준 자신감의 합작품이라고 생각했다.

"아빠 완전 놀라는 표정 봤지?"

보민은 여전히 들떠 있었다. 보영은 언니의 자신감을 위해서라도 당분간 진실을 숨기기로 했다.

"응, 봤어. 축하해, 언니."

기뻐하는 보민의 모습을 보며 보영은 억지로 입술을 끌어 올려 웃었다.

그 훈련이 있은 후 부모님의 태도는 180도 변했다. 그저 취미로 하기만을 원했던 엄마는 보민의 새벽 훈련과 야간 훈련에 모두 따라나서며 매니저를 자처했고, 아빠 역시 더 이상 그만두라는 말을 입에 올리지 않았다. 아침에 일어나면 엄마는 당연스레 없었다. 한 솥이나 끓여 놓은 카레를 전자레인지에 데워 먹는 것은 일상이 되어 갔다.

그날 방과 후 보영은 평소와 다르게 혼자 집으로 향했다. 훈련이 없는 날은 늘 함께하던 보민이었지만 오늘 보민은 엄마와 새로운 코스튬을 맞추러 간다고 했다.

"아이고, 보영아! 안 그래도 너 지나가는 거 기다렸다."

갑자기 들려온 목소리에 보영은 고개를 들었다. 생각에 잠겨 있는 사이 어느새 집 근처 인형 뽑기 가게 앞까지 와 있었다. 보영을 향해 준서 삼촌이 반색하며 다가왔다.

"안녕하세요."

기다렸다는 듯한 준서 삼촌의 태도에 보영은 어리둥절해서 엉

거주춤 인사했다.

"이거."

보영을 향해 내민 준서 삼촌의 손에는 만 원짜리 두 장이 들려 있었다. 보영의 손을 잡아 돈을 쥐여 주면서 준서 삼촌은 미안한 기색을 감추지 못했다.

"지난번에 뽑기 기계 조절 좀 해 달라고 했잖아. 근데 그날 새벽에 장모님이 아프서서 급하게 병원에 갔지 뭐야. 그렇게 부탁했는데 못 들어줘서 미안해. 실망했지?"

"예?"

"진짜 미안하다. 이건 삼촌이 미안해서 주는 용돈. 언니랑 맛있는 거 사 먹어. 조심해서 들어가고."

준서 삼촌은 보영에게 만 원을 더 주고는 가게 안으로 들어갔다. 보영은 그 뒷모습을 멍하니 보았다. 그날 분명 언니는 한 번에 인형을 뽑아 올렸다. 당연히 기계 조작 덕이라고 생각했다. 그런데 아니었다니. 어떻게 된 일인가. 머릿속이 복잡해졌다. 고양이가 가지고 놀다 버린 실타래같이 엉킨 머릿속에서 하나의 생각이 번뜩 떠올랐다.

'정말로 그게 소원을 들어준다는 거야?'

믿을 수가 없었지만 상황이 그랬다. 보민은 그날 큰 비밀이라도 되는 듯 보영에게 말했다. 자신은 아무것도 한 것이 없다고.

그저 완벽한 안무를 떠올리는 것만으로도 발이 저절로 움직였다고 말이다.

그날 보영은 학원 수업에 집중하지 못했다. 소원을 들어주는 만 원짜리 운석이라니. 헛웃음도 나오지 않을 소리다. 하지만 운석을 빼면 모든 상황이 말이 되지 않았다. 한참을 이어 가던 생각은 '운'이라는 곳까지 다다랐다. 그렇다. 인형 뽑기 기계에서 한 번에 인형을 뽑는 것은 그리 신기한 일이 아니다. SNS에 검색만 해 봐도 단번에 인형을 뽑았다는 글을 부지기수로 찾아볼 수 있었다. 그날 언니의 완벽한 안무는 역시 처음 생각했던 대로 자신감이 만들어 낸 성공이었을 것이다. 그날 이후로 보민이 훈련 때마다 완성도 있는 안무를 해내고 있는 것이 좀 의아했지만 보영은 자신감이라는 결론 말고는 생각할 수 없었다.

학원 건물에 있는 코인 노래방에 들러 한 곡만 뽑고 가자는 친구의 손을 어렵사리 뿌리치고 보영은 집으로 돌아왔다. 현관문을 열자 잔뜩 볼륨을 높인 텔레비전 소리가 보영에게로 와락 달려들었다.

"다녀왔습니다."

"어, 왔어?"

보민이 거실 소파에 반쯤 누운 자세로 보영을 향해 손을 흔들었다. 텔레비전에서는 요즘 한창 유행하는 트로트 오디션 프로

그램이 방송 중이었다. 오디션 참가자들의 개인기에 진행자가 소리 높여 웃고 있었다.

"엄마랑 아빠는?"

"안무가 선생님이랑 저녁 드시러. 이번 시즌 새 안무 받기에 늦은 건 아닌지 의논한대."

"그렇구나."

성의 없이 말하고는 다시 텔레비전을 보며 낄낄거리는 보민의 배 위에 얹힌 아이스크림 통이 시선을 붙잡았다. 쿼터 사이즈의 아이스크림 통이 벌써 바닥을 보이고 있었다. 다른 사람이 그랬다면 전혀 이상한 일이 아니었을 테지만 보민에게는 전에 없었던 일이었다. 체중 조절을 하고 있는 보민에게 간식은 말도 안 되는 일이었다.

"그런 거 먹어도 돼?"

보민이 눈을 휘둥그레 뜨고 보영을 보았다. 그러고는 텔레비전 프로그램의 진행자처럼 웃음을 터뜨렸다.

"이젠 그 고생 안 해도 돼. 이게 있잖아."

보민이 한손으로 운석을 만지작거리며 말했다.

"그래도 점프하려면 몸이 가벼워야 한다고 언니가 그랬잖아."

보영의 말에 보민이 장난스럽게 눈을 흘겼다. 그 눈빛은 다 알지 않느냐고 말하고 있었다.

"내가 알아서 해."

깨진 팔레트 교환을 대신 해 주면 안 되냐며 울상 짓던 보민의 모습은 온데간데없었다.

▲　▼　▲　▼　▲

"보민아, 일어나. 새벽 훈련 가야지!"

몽롱한 의식 속으로 엄마의 목소리가 파고들었다. 엄마가 깨우는 것을 보니 새벽 2시가 됐을 것 같았다. 이용객이 없는 개장 시간 전까지만 링크를 빌려 쓸 수 있었는데, 보민이 이용할 수 있는 시간은 새벽 4시였다. 지금부터 일어나 바쁘게 씻고 준비해야 시간을 간신히 맞출 수 있었다. 하지만 보민은 이불을 끌어안으며 몸을 반대로 굴렀다.

"새벽 연습 안 할래."

"얘가, 얘가! 선발전이 얼마 남았다고 이러는 거야. 빨리 안 일어날래?"

엄마의 목소리는 보민을 어떻게든 깨우고 말겠다는 기세로 방 안을 뒤흔들었다. 예전 같았으면 옆 방에 있는 보영의 잠을 깨우지 않기 위해 나직한 목소리로 보민을 혼냈을 엄마였다. 엄마는 지난번 훈련을 관전한 후로 완전히 태도가 바뀌었다.

보민은 어렴풋이 뜬 눈으로 고개만 들어 엄마를 보았다.

"엄마, 나 황보민이야."

"응?"

보민은 베개에 다시 머리를 묻었다.

"언제는 내가 새벽 훈련 나가서 잘했어? 오후 훈련에 집중하면 돼. 차라리 난 컨디션 관리하는 게 더 나은 사람이라고."

"그, 그래?"

엄마의 목소리가 갑자기 잦아들었다.

"졸려. 피곤해."

보민이 뒤척거리며 이불을 머리끝까지 썼다. 이불 너머로 엄마의 머뭇거림이 느껴졌다. 하지만 엄마는 곧 보민의 이불을 고쳐 덮어 주며 말했다.

"그래, 넌 혼자서도 알아서 잘하는 애니까. 그럼 더 자. 이따 학교에 데려다줄게."

엄마는 보민의 등을 부드럽게 두드리고는 방에서 나갔다. 방문이 닫히는 소리에 보민은 눈을 감은 채로 목에 손을 올렸다. 손가락 사이에 운석을 놓고 만지작거리자 설핏 웃음이 났다. 그동안 엄마에게 '혼자서도 잘하는 애'는 자신이 아닌 보영이었다.

'이 목걸이만 있으면 훈련이고 뭐고 다 필요 없는걸.'

학교 앞에서 파는 떡볶이는 그야말로 인생 떡볶이라고, 보민의 친구 영선이 말했었다. 보민은 떡볶이를 쉴 새 없이 입에 넣으며 과연 맞는 말이라고 생각했다. 떡볶이를 넣는 순간 입안에 맴도는 감칠맛이 장난 아니었다. 문득 보민은 피겨를 시작한 이후로 시즌 중 떡볶이를 먹는 것이 처음이라는 것을 깨달았다.

"언니!"

누군가 팔을 잡아채 돌아보니 보영이었다. 보영은 조금 놀란 듯한 얼굴로 거의 다 비워진 떡볶이 접시와 보민을 번갈아 보았다. 어제 보민이 아이스크림을 먹고 있을 때 마주한 표정과 비슷했다.

"엄마는?"

"곧 오신대."

"그거 먹어도 돼?"

"알면서."

보민은 살짝 웃으며 목걸이를 만지작거렸다. 으응, 하고 대답하는 보영의 목소리가 어딘지 맑지 못했지만 보민은 그다지 신경 쓰지 않았다.

보민은 그날 훈련을 적당히 마쳤다. 링크를 돌며 몸을 풀었지만 별 의욕이 나지 않았다. 코치님이 전체 안무와 동작을 해 보자고 했지만 점프는 모두 그냥 넘겼고, 스텝도 적당히 동선만 익

히는 데서 멈췄다. 걱정스러워하는 엄마에게 피곤해서 그렇다고 했지만 속으로는 내심 웃고 있었다.

'어차피 연습 따위 안 해도 완벽할 수 있어.'

그러고 보니 왜 밤 11시가 넘어서까지 잠도 못 자야 하나 싶었다. 훈련 따위 안 해도 국가 대표 선발전을 1위로 통과할 수 있을 텐데.

국가 대표 선발전이 일주일 앞으로 다가왔다. 보민은 느긋하게 일어나 거실로 나갔다. 아침 햇살이 벌써부터 거실을 점령하고 있었다. 주방에서 엄마가 누군가와 통화하는 소리가 들렸다.

"네, 코치님. 네······."

보민은 인상을 구겼다. 코치님이 무슨 일로 전화했는지 알 것 같았다. 최근에는 훈련을 거의 나가지 않았다. 엄마가 성화를 부릴 때면 눈앞에서 점프를 뛰어 보여 줬다. 연습을 안 해도 완벽한 점프를 하자 엄마도 내심 안심하는 눈치였다. 보민이 하고 싶은 대로 놔두자고 생각하는지도 몰랐다. 예전 같으면 짜증 부리는 보민을 혼냈을 테지만 요즘 엄마는 보민이 성질을 부리는 대로 다 받아 주었다.

"오늘도 연습 안 나오면 코치님 그만둔다고 하시네."

엄마가 보민의 눈치를 보며 말했다. 보민은 쯧, 혀를 찼다. 잠시 생각하다가 오늘 연습은 나가겠다고 했다. 선발전을 코치 없이 치를 수는 없었다.

"나도 같이 가면 안 돼?"

보영이 눈치를 보며 물었다. 보민은 그러라고 했다. 멋있는 모습을 보여 주는 일에 구경꾼은 많을수록 좋았다.

그날 밤 링크로 간 보민은 연습복으로 갈아입으러 탈의실로 들어갔다. 뭔가 몸의 변화를 느낀 것은 그때였다.

몸에 밀착되는 연습복의 하의는 겨우 허리까지 올라갔다. 상의를 입자 불룩하게 튀어나온 배가 눈에 들어왔다. 전 같으면 매일같이 몸무게를 재던 보민이었다. 그러나 근래에는 몸무게를 조금도 신경 쓰지 않았다. 먹고 싶은 대로 마음껏 먹었고, 스스로 하던 기초 지상 훈련 대신 침대에 누워 지내는 생활을 했다.

'괜찮아, 어차피 목걸이만 있으면 다 할 수 있어.'

보민은 다시 한번 운석을 쥐며 괜히 불안해지려는 마음을 다잡았다.

하품을 하며 링크로 올라섰다. 코치님의 시선이 보민의 머리부터 발끝까지를 훑었다. 주름 잡힌 미간만으로도 무슨 생각을 하는지 알 수 있었다. 하지만 그런 것쯤은 한방에 뒤집을 수 있다고 생각했다. 가만히 서 있기만 해도 운석은 자신을 날게 해 줄 수 있을 것이었다.

음악이 시작되고 첫 번째 점프를 하기 위해 스케이팅의 속도를 높였다. 머릿속으로 정확한 점프를 떠올렸다. 몸이 저절로 솟구쳤다. 보민은 그저 상상만 하면 됐다. 허공에서 몸이 틀어진 것 같다는 생각을 했지만 정확히 세 바퀴를 돈 후 착지했다. 문제는 그때 생겼다. 발목에 여태껏 느껴 보지 못한 충격이 느껴졌다. 날카로운 통증은 허리까지 올라왔다. 평소 같았으면 그 자리에서 멈췄을 테지만 스케이트는 계속 보민을 끌고 다녔다. 무거워진 몸은 점프의 회전수를 채울 만한 비거리를 만들어 내지 못했다.

세 바퀴를 돌려는 스케이트와 이를 따라가지 못하는 상체 탓에 보민의 몸은 기괴하게 비틀렸다. 통증 때문에 음악 소리는 들려오지 않았다. 그런데도 뭔가에 붙들린 듯 보민의 몸이 마음대로 움직였다. 표정도 자연스러울 리 없었다. 눈앞이 휘돌아 정신을 붙드는 것이 최선이었다. 감정이 실리지 않은 팔은 그저 안무를 따라 마음대로 펄럭였다. 스핀 역시 쉽지 않았다. 눈앞이 캄캄해질 만큼 속이 울렁거렸다. 훈련 직전 먹은 간식 때문이었다. 주저앉아 버리고 싶었지만 몸이 움직여 주지 않았다. 마치 자신의 온몸을 누군가 보이지 않는 실로 촘촘히 엮어 강제로 움직이는 것만 같았다.

쇼트 프로그램 2분 50초.

보민은 그 시간이 그렇게 길게 느껴진 적이 없었다. 음악이 멎는 것과 동시에 그제야 몸이 멈추었다. 거친 숨이 턱 끝을 치받았다. 그래도 점프, 스핀, 스텝의 모든 과제를 수행했다. 보민은 엄마와 보영, 코치님이 서 있는 쪽으로 고개를 돌렸다.

박수 대신 커다란 침묵이 링크를 무겁게 짓눌렀다.

▲ ▼ ▲ ▼ ▲

보민이 숨을 헐떡이며 대기실로 들어갔을 때, 코치님은 엄마를 데리고 휴게실로 향했다. 보영은 슬쩍 그 뒤를 따랐다. 휴게실로 들어간 코치님은 엄마에게 심각한 얼굴로 말했다.

"어머님, 보민이 체중 관리 안 시키세요?"

"원래 알아서 잘 관리하던 아이라서 딱히 신경을 못 쓰긴 했는데……. 그래도 점프는 회전수 다 나오지 않았나요?"

코치님이 이마를 짚었다.

"그걸 회전수가 나왔다고 해야 할지. 공중 동작은 다 무너졌고요, 스텝이랑 스핀에서 몸이 무거운 게 그대로 드러나요. 이런 말어떨지 모르겠는데요, 꼭 스케이트만 살아서 움직이는 것 같아요. 보민이는 끌려다니고요. 솔직히 좀 징그러웠어요."

코치가 한쪽 팔을 문지르며 말했다. 평소 같았으면 말이 심하다며 언성을 높였을 엄마였지만 오늘은 입을 다물고 있었다. 소름 끼친다는 듯한 태도를 보이는 코치에게 반박할 말이 없다는 표정이었다.

보영은 조용히 휴게실에서 나왔다. 그동안 보민을 따라 피겨 영상들을 많이 봐서 알고 있다. 스텝에서는 발의 움직임만이 중요한 게 아니었다. 쉴 새 없이 팔 동작을 하여 음악을 표현할수록 높은 점수가 나왔고, 예술성도 갖출 수 있었다. 하지만 보민은 그러지 못했다. 안무가 1분을 넘어가기 시작하자 모든 움직임에서 감정은 찾아볼 수가 없었다. 단지 급격한 체력 저하 때문이라고는 생각되지 않았다.

'마치 스케이트만 살아서 움직이는 것 같아요. 보민이는 끌려다니고요.'

보영은 코치님의 말을 곱씹으며 운석 목걸이를 떠올렸다. 이제는 부정할 수 없었다. 운석 목걸이는 평범한 목걸이가 아니었다. 조금 전 보민의 훈련으로 확실해졌다. 운석 목걸이가 보민을 이끌었을 뿐이다. 보민은 지금 선발전에 나갈 수 있는 상태가 아니었다.

보영은 대기실로 들어갔다. 납빛 얼굴로 보민은 소파에 앉아 아직도 숨을 헐떡거리고 있었다. 그동안 연습도 하지 않고, 먹고 싶은 것은 마음대로 먹어 왔으니 체중은 상상할 수 없을 만치 불어났다. 두툼하게 처진 뱃살, 두 개가 되어 버린 턱. 오랫동안 철저하게 체중 관리를 해 온 보민이었지만 무너지는 것은 한순간이었다.

보민은 소파 옆에 있는 캐비닛에 머리를 기대고 있었다. 눈빛이 멍했다.

"어떻게 이럴 수가 있지? 운석이 힘을 다한 건가?"

보영을 발견한 보민이 말했다. 보민이 운석 이야기를 다시 꺼내자 보영은 화가 불끈 솟구쳤다. 그 전의 보민은 이렇지 않았다. 실수할 때마다 괴로워했지만, 매번 자신 안에서 문제를 찾았다. 하지만 지금은 예전 보민의 모습은 찾아볼 수 없었다. 운석에만 기댄 결과가 이것이다.

"언니, 이제 운석 목걸이는 떼."

보영의 말에 보민이 눈을 휘둥그렇게 떴다. 달군 프라이팬에 던져진 새우처럼 캐비닛에서 튕겨지듯 상체를 뗐다. 보민은 생각지도 못한 얘기를 들은 표정으로 보영을 쳐다보았다.

"운석을 떼면 경기는 어쩌라는 거야?"

운석 없이는 아무것도 할 수 없는 사람처럼 보민이 말했다. 그러던 보민의 눈이 천천히 가라앉았다. 가늘게 뜬 눈으로 보민이 보영을 노려보았다.

"너, 설마 배 아파서 그래?"

"뭐?"

"내가 요즘에 엄마랑 아빠 관심도 독차지하니까 질투 나서 그러지?"

보민은 흥, 하며 보영에게서 시선을 거뒀다. 그러고는 스케이트를 벗으며 말했다.

"운석을 안 산 건 네 잘못이야. 왜 질투하고 그래?"

"그게 무슨 소리야? 걱정되니까 그렇지."

"내 일은 내가 알아서 해."

보민이 단호하게 말했다.

"코치님이 엄마 데리고 가서 무슨 얘기 하실지는 뻔해. 하지만 이따 야간 연습 때는 제대로 보여 줄 거니까 문제없어."

보민은 운석을 만지작거리며 주문처럼 중얼거렸다.

"나한테는 운석이 있으니까."

하지만 일은 보민의 생각대로 풀리지 않았다. 야간 연습이 시작되자 보민의 얼굴은 점점 더 경직되어 갔다. 링크를 돌며 몸을 푸는데도 긴장은 쉽사리 풀리지 않는 것 같았다. 링크 바깥의 보영에게도 보민의 어색한 표정이 확실히 보였다.

'너, 설마 배 아파서 그래?'

보민의 말이 귓가를 떠나지 않았다. 황당하고 억울한 마음이 사그라지지 않았다. 솔직히 보민이 그런 생각을 하고 있다는 것에 놀랐다. 오히려 부모님이 자신을 칭찬할 때마다 보민의 눈치를 본 것은 보영이었다.

운석을 믿고 자기 관리에 너무 태만하게 구는 것이 걱정되었던 것뿐이었다. 보민의 훈련 때마다 링크에 따라온 것은 보민을 응원하는 마음에서였다. 점프에 들어갈 때마다, 안무를 이어 갈 때마다 양손을 모아 쥐고 간절히 기도해 왔다. 보민이 그런 생각을 할 줄은 미처 몰랐다.

보민이 링크 한복판에 섰다. 긴장되는지 자꾸만 양손을 털거나 스케이트 끈을 고쳐 매었다.

"보민아, 연습이니까 긴장하지 말고!"

오히려 걱정이 된 코치님이 소리쳤다. 그 소리가 들리기나 하는지, 보민은 굳은 얼굴로 첫 자세를 잡았다. 코치님의 한숨 소리가 들렸다. 뭔가 찜찜한 듯한 표정이었다. 엄마의 얼굴도 비슷했다. 두 사람의 표정에는 기대보다는 우려가 크게 드러났다.

음악이 시작됐다. 보민이 첫 점프를 위해 속도를 높였다. 한 발을 힘껏 차며 보민의 몸이 공중으로 떠올랐다. 모두 침착하게 그 모습을 바라보았다. 그때였다. 세 바퀴를 채 채우지 못하고 보민의 몸이 떨어졌다. 몸에는 속도가 아직 남아 있지만 스케이트 날은 이미 빙판에 착지해 그대로 넘어져 버리고 말았다.

충격이 큰 걸까. 보민은 한동안 일어서지 못했다. 보통 때라면 다시 일어나 남은 점프를 뛰고 다음 안무로 넘어갔을 터였다. 음악이 끊겼다. 코치님이 링크 안으로 뛰어 들어갔다. 보영과 엄마도 보민을 향해 급히 발을 옮겼다.

"괜찮아?"

코치님이 보민을 일으켰다. 보민은 대답하지 않았다. 뒤늦게 달려온 보영이 옆으로 가자 보민이 팔을 잡았다.

"어떻게 된 거지? 운석이…… 안 돼."

코치님은 어리둥절한 얼굴을 했지만 보영은 알 수 있었다. 운석이 힘을 발휘해 주지 않는다는 것이다. 보민의 눈가가 파르르 떨렸다. 운석이 힘을 발휘했다면 아까처럼 엉망이더라도 보민을 강제로 움직였을 것이다. 보영으로서도 어떻게 된 일인지 알 수 없었다.

보민이 부상당한 것은 아니었기 때문에 남은 시간 동안 훈련은 계속되었다. 점프 위주로 연습했지만 보민은 제대로 된 점프를 한 번도 뛰지 못했다. 시즌 초보다 오히려 못하다고 코치님이 엄마의 눈치를 보며 혀를 찼다. 보영이 보기에도 보민은 운석 목걸이를 갖기 전보다 오히려 기량이 떨어졌다. 한 번의 연습으로 단번에 정상에 설 수는 없지만 한 번의 연습을 빼먹는 것이 치명타가 되는 게 피겨라는 운동이었다. 그동안 보민은 연습도 제대로 하지 않았고, 몸무게도 최고치를 찍었다. 운석 목걸이를 빼놓고 생각한다면 당연한 결과일지도 모른다.

보민이 또다시 넘어졌다. 보영은 아랫입술을 깨물었다. 보민의 표정은 당장 울음을 터뜨려도 이상하지 않을 정도가 되어 갔다. 엄마는 다시 해 보라고 소리쳤지만 목소리에 기운이 빠져 있었다.

보민이 다시 일어났다. 링크를 돌며 속력을 높였다. 다시 점프를 하려는 것이었다. 무릎을 굽히고 한 발을 뒤로 보냈다가 앞으로 힘껏 차면서 몸을 띄웠다.

'제발!'

안타까운 마음에 보영이 양손을 모았다. 그때였다. 공중으로 높이 뜬 보민의 몸이 완벽하게 세 바퀴를 돌고 정확히 착지했다.

보영이 눈을 커다랗게 떴다. 코치님이 고개를 갸웃거리며 중얼거리는 소리가 들려왔다.

"이상하네. 이번에도 공중 동작이 엉망이라 넘어질 거라고 생각했는데. 운이야, 뭐야? 뭐가 다른 건지 나도 알 수가 없네."

달라진 것은 보영의 기도뿐이었다.

▲ ▼ ▲ ▼ ▲

모든 것은 명확했다. 보민의 성공 뒤에는 보영이 있었다. 아니, 보영의 기도가 있었다.

보영은 어떻게 된 일일까를 생각해 보았다. 처음엔 자신의 계획대로 보민이 인형을 뽑는 행운이 있었던 거라고 생각했지만, 이후 벌어지는 상황 속에서 목걸이의 힘이 실제로 작용했던 거라고 믿게 됐다. 그 후 보민의 피겨 스케이팅 실력이 믿을 수 없게 좋아진 것도 목걸이 덕이라 생각했다. 목걸이의 주인인 보민의 바람이 모든 성공을 만들어 냈다고 생각했는데……. 아니었다.

'들고 있어 봐.'

그때, 처음 목걸이를 만진 것은 보영이었다. 계산하기 위해 지갑을 꺼내 들던 보민 대신, 보영이 목걸이를 처음 만졌다. 그때 어쩌면 목걸이의 주인이 정해졌는지도 모른다.

굳게 닫힌 보민의 방 문 앞에 서서 생각에 잠겨 있던 보영은 자신의 방으로 돌아가 나머지 생각을 이어 갔다. 오늘 훈련을 거의 망친 보민은 한마디도 하지 않은 채 집으로 돌아와 방 안에 박혀 버렸다. 엄마도 거의 말을 하지 않고 있다.

보영은 보민을 생각했다. 행운이 시작된 뒤로 보민은 체중 관리도, 운동도 열심히 하지 않았다. 그렇게 하지 않아도, 목걸이가 있는 것만으로도 모든 것이 잘되었으니까 말이다.

'이건 기적이야!'

형형한 빛을 뿜으며 말하던 보민의 눈이 떠올랐다. 정말로 그건 기적이었을까.

보영은 결론을 내렸다. 정말로 자신이 목걸이의 주인이라면 더 이상 기도하지 않겠다고 결심했다.

그로부터 일주일이 지났다. 보민은 꼬박꼬박 훈련에 나갔지만 매번 넘어졌고, 코치님께 꾸중을 들었다. 보민은 점점 주눅이 들었다. 엄마는 보민의 훈련 일정을 동행하기는 했지만 예전처럼 열의를 보이지 않았고, 아빠도 기대를 접은 눈치였다.

"김보민! 정신 안 차릴래? 트리플 살코 할 때 완전히 인엣지로 도약하랬잖아!"

코치님이 링크 위에 선 보민을 향해 외쳤다. 넘어진 보민은 충격을 잊기도 전에 정신없이 일어났다.

"다시 한번 해 봐!"

두 번째 시도에서도, 세 번째 시도에서도 보민은 넘어졌다. 보영은 아랫입술을 꾹 깨물었다. 제발! 한마디의 기도면 성공할 수 있었다. 하지만 그것이 더 나은 일일까? 보영은 기도하지 않았다.

"넌 하루 종일 공부하느라 피곤한데, 집에서 쉬지."

엄마의 말에 보영은 미소로 대답했다.

"언니 응원해 줘야지."

"응원은 무슨. 그냥 취미로 하는 건데."

아무 기대감 없는 말투에 보영은 쓴웃음을 지었다.

"엄마, 나 화장실 좀 다녀올게."

"그래."

화장실로 들어간 보영은 손을 씻었다. 거울 속의 자신을 한참이나 응시하던 보영은 주머니에 손을 넣어 그것을 꺼냈다. 운석 목걸이였다.

운석 목걸이가 더 이상 소원을 들어주지 않는다며 보민이 좌절하던 그날 밤, 보민의 방 쓰레기통에 버려져 있던 것을 보영이 주웠다. 보민은 상상조차 못 할 것이었다. 운석 목걸이의 주인이 자신이 아니라는 것을. 목걸이를 보는 보영의 눈에 의미심장한 빛이 스쳤다.

그때였다. 화장실 문이 벌컥 열리고 완전히 기진맥진해진 보민이 들어왔다.

"보영아!"

보민은 이미 완전히 젖은 눈으로 와락 안겨 들었다. 보영의 목을 끌어안은 보민은 어깨를 떨며 울먹였다.

"엄마가 피겨 그만두는 게 좋겠대. 난 계속 하고 싶은데……. 근데 잘하지도 못하니까 취미로 하고 싶다고 말을 못 하겠어."

완전히 좌절한 보민은 얼마 전까지만 해도 '알아서 한다'던 모습과는 딴판이었다. 솔직히 그때는 좀 어이없기도 했다. 어려서부터 보민의 실수를 대신 나서서 야무지게 처리해 준 것도 모두 보영 자신이었다. 운석 목걸이 덕분에 갑자기 잘되니 그런 것은 모두 잊고서 알아서 한다고?

"내가 엄마한테 말해 볼게."

"정말? 고마워, 보영아."

"정말 어쩔 수가 없네."

보영은 자신에게 더욱 안겨 드는 보민의 등을 부드럽게 쓸어 내렸다. 그런 보영의 입술 한쪽 끝이 살짝 치켜 올라갔다.

그래, 언니는 내 뒤에 숨어. 그게 언니 자리니까.

보영은 보민을 안은 채로 아직 움켜쥐고 있던 손을 펴 보았다. 목걸이가 있었다. 보영은 웃었다.

어쩌면, 기적은 나의 것일지도 모른다.

여러분은 어떤 꿈을 가지고 있나요? 그 꿈을 위해 노력하는 지금이 혹시 힘든가요?

그 꿈의 정상에 있는 사람이 편안해 보이고 행복해 보이겠지만 사실 그들도 여러분과 비슷한 시기를 겪었죠. 마음으로는 알지만, 그래도 그들에게 있었던 행운이 나에게는 오지 않을 것 같지 않나요?

맞아요. 대부분의 성공에는 어느 정도 운이 따른다고 생각합니다. 하지만 그 운이 특별한 누군가에게만 해당되는 건 아닙니다. 운은 모두에게 찾아와요. 다만 명심할 것이 있어요. 아무것도 하지 않으면, 찾아온 행운도 '이 사람에겐 해줄 것이 없네.'라고 생각하고 떠나갑니다.

저는 몇 개의 공모전에 당선이 됐었어요. 공모전이야말로 운이 정말 크게 작용하는 것 중 하나예요. 여러 심사위원 중에 내 소설의 심사를 맡은 사람의 취향과 맞아야 좋은 점수를 받아 당선될 확률이 높아지거든요. 하지만 그런 운만을 기다렸다면 공모전에 당선은 되지 않아요. 우선은 공모전에 당선이 될지 안 될지도 모르는 글을 써내야만 하죠. 그 과정은 힘들고 고통스럽습니다. 심사위원의 취향과 맞았더라도 그걸 뛰어넘는 소설의 완성도 또한 필요해요. 공모전에 당선된 이후에는 당선이 그저 운이 아니었다는 것을 스스로의 실력으로 증명해야 합니다. 계속해서요.

운도 중요하지만 운은 모두에게 찾아오고, 노력 없이는 운도 아무 힘을 낼 수 없다는 걸 이야기하고 싶었어요.

정명섭

경비원의
하루

초등학교 정문 앞, 키 큰 대머리 경비원이 너털웃음을 지으며 다가왔다.

"어이! 자네가 실습 온 경비원 맞지?"

"네, 처음 뵙겠습니다. 마윤성이라고 합니다."

"반갑네. 뭐, 이런 산골까지 실습을 하러 왔나 몰라."

"오히려 일을 더 잘 배울 수 있다고 하던데요."

"그렇긴 하지."

대머리 경비원이 마윤성을 쭉 훑어봤다. 청바지 차림에 평범한 외모를 가진 그를 살펴보던 대머리 경비원이 지나가는 말처럼 입을 열었다.

"아이고, 생각보다 젊은 친구네. 어쩌다가 이 일을 하게 됐을까?"

뭐라고 대답해야 할지 몰라서 입을 다물고 있는데 대머리 경비원이 머쓱한 표정으로 먼저 대답했다.

"이런, 내 정신 좀 봐. 그런 건 묻는 게 아니지. 내 이름은 황칠성이야. 촌스럽지? 그냥 황 씨라고 불러."

마윤성은 묻지도 않은 말을 떠벌리는 경비원 황 씨가 그다지 마음에 들지 않았다. 그런 마윤성의 속마음을 눈치챘는지 경비원 황 씨가 모자와 호루라기를 챙겨 그를 학교로 데리고 들어갔다.

"학교가 작기는 하지만 말이야, 할 일이 많아요. 오늘은 나랑 같이 근무하면서 잘 배워. 경비원의 일이라는 게 되게 단순할 것 같지만 은근히 할 게 많거든."

"알겠습니다."

아쉬운 처지의 마윤성이 마지못해 고개를 숙이자 경비원 황 씨가 크게 웃으면서 교문 안쪽으로 들어섰다.

"학교가 산꼭대기에 있어서 오기 힘들었지?"

"운동도 되고 좋았는걸요."

"젊은 사람이 긍정적이구먼. 좋은 자세야."

"학교 경비원이 뭘 해야 하는 겁니까?"

"어떤 사람들은 말이야, 우리가 하는 일 없이 빈둥거린다고 여기거나 청소부쯤으로 여기고 있지."

경비원 황 씨가 요란하게 혀를 차며 말을 이어 갔다.

"하지만 우리가 하는 일을 제대로 알면 깜짝 놀랄 거야. 일단은 학교를 철저히 순찰해야 해. 요즘 이런저런 사고들이 생겨서 말이야. 외부인의 출입이 금지되어 있지. 들어오려면 학교장의 허락을 받아야 하고."

"당연한 거 아닙니까?"

"그런데 몰지각한 사람들이 좀 있어요. 공공 재산인 학교에서 왜 자기를 막느냐고 말이야. 그런 사람들을 막고, 아이들을 안전하게 지켜 주는 게 우리가 첫 번째 할 일이지."

쉴 없이 떠들어 대던 경비원 황 씨가 육상 트랙이 그려진 운동장 앞에서 걸음을 멈췄다. 낡아 빠진 그물이 붙은 축구 골대가 그늘 앞에 마주 보고 있었다. 운동장 건너에 시멘트로 만든 단상과 태극기가 펄럭이는 깃대 그리고 어디서나 흔히 볼 법한 학교 건물이 보였다. 경비원 황 씨가 자랑스러운 표정으로 말했다.

"저기가 본관이야. 아담하지."

경비원 황 씨가 잔디가 군데군데 자라고 있는 운동장 너머 맞은편의 회색 건물을 가리켰다. 2층으로 된 본관 건물은 별다른 특징이 없는 전형적인 학교 건물이었다. 가운데 현관 위쪽에는 페인트 칠한 학교 이름이 새겨져 있었다. 현관 지붕은 삼각형 모양이었고, 꼭짓점 부근에 커다란 시계가 박혀 있었다. 건물을 훑는 마윤성을 경비원 황 씨가 어깨를 으쓱거렸다.

"여기가 좀 있으면 개교 100년째 되는 곳이야."

"굉장히 오래 버텼네요."

"그렇지. 경치 좋고 공기 좋아서 그런가 봐. 저기 본관 옆에 지붕이 찐빵처럼 도톰하게 올라온 건물 보이지? 빨간색."

"네."

"저긴 얼마 전에 새로 지은 강당 겸 체육관이야. 예쁘긴 한데 너무 튀지 않아?"

"그런 거 같습니다."

"저 뒤쪽이 절벽이라 밤중에 순찰 돌 때 특히 신경 써야 해. 기숙사도 겸하고 있어서 머무는 아이들이 있거든."

"강당 맞은편에 있는 단층 건물은 뭡니까? 창고같이 보이는데요."

마윤성의 물음에 경비원 황 씨가 고개를 저었다.

"저긴 선생님들 관사야."

"관사가 저렇게 큽니까?"

"예전에는 학생이 많아서 선생님도 많았거든. 가만있어 보자, 내가 처음 왔을 때는 스무 명이 넘었어. 지금은 다섯 명밖에 없지만 말이야."

"식당은 어디 있습니까?"

"원래는 저기 본관 맞은편에 있었는데 몇 년 전에 없앴어."

"왜요?"

경비원 황 씨가 턱으로 본관 건물을 가리키면서 대답했다.

"학생들이 본관에서 멀다고 싫어했거든. 학생 수가 줄면서 1층 교무실 옆에 만들어 놨어. 하여간 요즘 애들은 편한 것만 찾으려고 들어서 문제야, 문제."

경비원 황 씨의 꼰대스러운 발언에 마윤성은 속으로 한숨을 내쉬고는 운동장 끝에 서서 학교를 돌아봤다. 아담하고 단출한 학교는 산꼭대기에 있다는 점을 제외하고는 눈에 띄는 것이 없었다. 마윤성은 왜 하필 이런 곳에 자신이 배치되었는지 의아했다. 생각에 빠진 마윤성의 어깨를 경비원 황 씨가 툭 쳤다.

"나랑 같이 한 바퀴 돌아보자고. 뭐니 뭐니 해도 직접 돌아보는 게 좋지."

호탕하게 웃으며 앞장선 경비원 황 씨를 보면서 마윤성은 고개를 갸웃거렸다. 이런 마윤성의 속마음을 아는지 모르는지 뒷짐을 진 경비원 황 씨는 강당 겸 체육관 쪽으로 걸어갔다. 그리고 본관과의 사잇길을 통해 뒤쪽으로 돌아갔다. 본관 뒤쪽과 담장까지는 제법 경사져서 시멘트로 만든 계단도 꽤 가팔랐다. 경비원 황 씨를 뒤따르던 마윤성은 눈앞에 펼쳐진 광경을 보고 할 말을 잃었다.

"와!"

"멋지지? 나도 일하다가 지루하거나 힘들 때 여기로 와."

"올 때 호수를 지나오긴 했는데, 위에서 보니까 환상적이네요."

때마침 태양이 구름을 빠져나오면서 호수로 햇살을 드리웠다. 보석처럼 반짝거리는 호수의 물결 위로 한 무리의 새 떼가 대형을 이룬 채 스쳐 지나갔다. 크게 기지개를 켠 경비원 황 씨가 마윤성에게 말했다.

"호수가 꼭 표주박처럼 생겼잖아."

"그러네요."

"그래서 학교 사람들은 표주박 호수라고 불러. 원래 이름이 아마 경양호였나 하지만 말이야."

"정말 멋지네요."

"이 학교의 자랑이지. 높은 곳에 올라온 보람이 있지?"

학교에 온 뒤 처음으로 기분이 좋아진 마윤성이 고개를 끄덕거리는데 갑자기 경비원 황 씨의 표정이 변했다.

"무슨 일입니까?"

마윤성의 물음에 경비원 황 씨가 조용히 하라는 손짓을 해 보이며 절벽 쪽으로 걸어갔다. 사람 허리 높이의 시멘트 블록이 담장처럼 둘러져 있었는데 훌쩍 뛰어서 그 위에 섰다. 놀란 마윤성이 소리쳤다.

"위험해요."

마윤성의 외침을 뒤로한 채 경비원 황 씨가 두 팔을 벌리고 절벽 아래로 몸을 날렸다.

"에이, 씨."

마윤성이 잡아 보려고 했지만 한발 늦고 말았다. 낙담하고 있는데, 허공으로 몸을 날렸던 경비원 황 씨의 목소리가 들려왔다.

"자네도 몸을 날려. 공중 부양법은 알고 있지?"

"바람이 불어서 추울 거 같은데요?"

"경비원이 그런 거 따져 가며 일하면 안 되지."

경비원 황 씨의 잔소리에 마윤성은 한숨을 쉬며 허공으로 몸을 날렸다. 담장 아래 절벽 맞은편 공중에 떠 있는 경비원 황 씨가 보였다. 아래에서부터 올라오는 세찬 바람에 제대로 눈을 뜨지 못하는 마윤성에게 경비원 황 씨가 소리쳤다.

"아래쪽을 봐."

겨우 눈을 뜬 마윤성이 경비원 황 씨가 가리키는 쪽을 봤다. 거미처럼 생긴 촉수형 괴물 13호 몇 마리가 빠른 속도로 기어 올라오는 게 보였다.

"쟤들 찾기 진짜 힘든데, 어떻게 아신 겁니까?"

마윤성의 물음에 경비원 황 씨가 손가락으로 자신의 머리를 톡톡 치며 대답했다.

"촉이지. 경비원은 촉이 좋아야 한다고."

"그런데 여기 결계 있지 않습니까? 저 정도면 결계가 처리해 줄 텐데요."

"10년 전에 이탈리아 베네벤토의 수도원에서 알 수 없는 이유로 결계가 파손되면서 수도원의 초능력자 30명이 학살당했어. 웬만한 괴물들은 결계에 부딪치기 전에 우리가 처리해야 해."

단호하게 말한 뒤 경비원 황 씨는 주문을 외워 온몸에서 나오는 초능력을 손끝으로 모았다. 그리고 가장 가까이 접근한 촉수형 괴물 13호를 향해 초능력 파장을 발사했다. 촉수형 괴물 13호는 옆으로 훌쩍 몸을 날려 동그란 녹색 파장을 피했다. 하지만 녹색 파장도 방향을 틀어서 촉수형 괴물 13호가 붙어 있는 바위를 때렸다. 퍼석, 하는 소리와 함께 바위가 부서졌고, 촉수형 괴물 13호는 다리가 뒤틀린 채 아래로 떨어졌다. 연거푸 파장을 발사해서 연달아 기어 올라오는 촉수형 괴물 13호를 떨어뜨리던 경비원 황 씨가 마윤성을 향해 외쳤다.

"보고만 있지 말고 같이 처리 좀 해."

"아, 알겠습니다."

장풍 초능력을 지닌 마윤성은 두 손으로 기를 모아 촉수형 괴물 13호에게 날렸다. 강력한 바람을 맞고 촉수형 괴물 13호는 허우적거리며 아래로 떨어졌다. 그렇게 몇 마리를 처리하자 남은 촉수형 괴물 13호들이 허둥지둥 절벽 아래로 사라졌다. 경비원 황 씨가 한숨을 돌렸다.

"귀찮은 것들. 포기를 몰라요, 진짜."

경비원 황 씨는 두 팔로 균형을 잡고 숫구쳐 올랐다가 학교 안에 착지했고, 마윤성도 그 뒤를 따랐다. 두 다리가 땅에 닿는 순간, 약간의 어지러움과 추위를 느꼈다. 특히 코끝이 얼어서 재채기가 나왔다. 그런 마윤성을 경비원 황 씨가 흐뭇한 표정으로 바라봤다.

"실력이 좀 있네. 하긴, 그래야 경비원 노릇을 하지. 요즘은 괴물들도 만만치 않아서 말이야."

"여긴 습격이 많은 편입니까?"

"많지는 않아. 하지만 위험한 적도 몇 번 있었어. 경비원한테 방심은 금물이야."

"고생이 많으시군요. 충원 요청을 하시지 그러셨어요."

경비원 황 씨가 모자를 고쳐 쓰며 엄숙한 표정으로 말했다.

"여기 학생이랑 선생님 수가 적어서 말이야. 다른 인력들은 더 중요한 일을 해야지."

아무래도 꼰대 같다는 생각이 들어 한마디 하려는데 맑고 영롱한 벨소리가 울려 퍼졌다. 그 소리를 들은 경비원 황 씨가 본관 쪽을 쳐다봤다.

"쉬는 시간이군. 아이들이 운동장으로 나와서 노니까 지켜봐야 해. 따라오게."

계단을 뛰어 올라가는 경비원 황 씨에게 마윤성이 물었다.

"계단 올라가기 귀찮은데 그냥 날아가면 안 됩니까?"

"초능력은 쓸데없이 쓰는 거 아니야. 열심히 뛰면 나는 것만큼 빨리 움직일 수 있어."

역시 꼰대라고 생각하며 마윤성은 투덜투덜 계단을 올라갔다. 경비원 황 씨의 말대로 학생 몇 명이 본관의 현관문을 뛰쳐나와 운동장으로 달려오는 중이었다. 뒤따라 나온 아이 하나가 날아서 운동장으로 가려고 하자 경비원 황 씨는 재빨리 호루라기를 불었다.

"성식아! 수업 시간 외에는 초능력 사용 금지야!"

하늘로 날아오르려던 성식이는 풀 죽은 표정으로 계단을 내려 갔다. 두 손을 허리에 짚은 채 경비원 황 씨가 투덜거렸다.

"하여간, 요즘 애들은……."

혀를 차던 경비원 황 씨는 뒤에 서 있던 마윤성을 힐끔 바라 봤다.

"내가 아까 어디까지 얘기했지?"

"순찰이 중요하다고 했습니다."

"맞아, 순찰. 순찰이 중요해. 학교라는 곳이 말이야, 구석구석 살펴볼 곳이 많거든."

방금 전 일을 겪은 마윤성이 고개를 끄덕거렸다.

"그런 것 같네요."

"모든 일은 선제적 대응, 미리 알고 대처하는 게 중요해. 그러니까 항상 순찰을 돌면서 위험 요소를 찾는 게 중요해. 예를 들어서 말이야."

따라오라는 손짓과 함께 경비원 황 씨는 좀 전에 본 선생님들의 관사로 향했다. 운동장에서는 아이들이 축구를 하고 있었다. 성식이라고 불렸던 아이가 공을 하늘로 뻥 차자 수십 미터를 올라갔다. 그러다 결계에 부딪치면서 빵 하고 터지고 말았다. 터진 축구공 조각들이 나풀거리며 떨어지자 아이들은 짜증을 냈고, 성식이는 미안한 표정을 지었다. 그걸 본 경비원 황 씨가 소리쳤다.

"경비실에 하나 남아 있는 거 써!"

"고맙습니다."

신이 나서 경비실로 뛰어가는 성식이의 뒷모습을 바라보며 경비원 황 씨가 말했다.

"아이들이랑 잘 지내는 것도 중요하고 말이야. 특히 성식이는 대단하니까 눈여겨봐야 해."

"어떤 면에서요?"

"아이들이 신고 있는 신발 봤어?"

"제대로 못 봤습니다."

"그런 걸 신경 써야지. 여자아이들은 노란색 구두, 남자아이들은 검은색 구두를 신어. 초능력 억제 주문이 걸려 있어서 아이들이 함부로 초능력을 쓰지 못하지. 성식이는 그런 구두를 신고도 공을 저 높이까지 차 올린 거야."

"정말 많은 걸 아시는군요."

마윤성의 칭찬에 경비원 황 씨가 어깨를 으쓱거렸다.

"경비원이 그 정도는 알아야지."

관사 뒤편으로 걸어간 경비원 황 씨가 고개를 살짝 빼 담장 쪽을 살폈다. 뭐 하는 거냐고 물으려던 마윤성에게 경비원 황 씨가 조용히 하라는 손짓을 했다.

"저기 나무 보이지? 가지는 다 잘리고 몸통만 남은."

"네."

"저기 아래쪽이 개구멍이야."

"요즘도 그런 게 있습니까?"

"잘 보라고."

씩 웃는 경비원 황 씨의 말이 끝나기가 무섭게 여자아이 둘이 나타났다. 주변을 두리번거리던 아이들이 쭈그려 앉아 개구멍으로 나가려는 찰나, 경비원 황 씨가 호루라기를 힘껏 불었다. 놀란 아이들이 후다닥 도망가는 걸 지켜보던 경비원 황 씨에게 마윤성이 물었다.

"왜 개구멍을 없애지 않는 겁니까?"

"아이들은 말이야, 넘치기 직전의 끓는 물 같은 존재야."

"그게 무슨 뜻입니까?"

경비원 황 씨는 호루라기 끝을 옷자락에 쓱쓱 문지르며 대꾸했다.

"냄비에다 라면 끓여 봤잖아. 물이 넘치면 뚜껑을 덮는다고 해도 못 막아."

"그럼요?"

"뚜껑을 살짝 열어서 김이 빠져나가게 해야지."

그럴듯한 설명이라고 생각했는지 경비원 황 씨의 표정이 밝아졌다. 마윤성은 속으로 귀찮으니까 그냥 놔두었을 것이라고 생각했지만 실습생 입장이라 그냥 고개만 끄덕거렸다. 개구멍을 잠시 더 살펴보던 경비원 황 씨가 다시 따라오라는 손짓을 했다.

"담장 쪽은 하루에도 몇 번씩 돌아봐야 해. 결계가 있다고 안심했다가는 큰코다친다니까."

"알겠습니다."

"그것만 잘해도 일이 절반은 줄어들 거야. 이상한 낌새가 보이면 바로 확인하고. 사고는 항상 방심할 때 터지는 법이니까 말이야."

경비원 황 씨는 경비실에 도착할 때까지 비슷한 내용의 잔소리를 반복했다. 그러면서도 틈틈이 운동장에서 뛰어노는 아이들을 흐뭇하게 보곤 했다. 마윤성은 경비실 바깥의 도로 쪽을 가리키며 물었다.

"사람들이 가까이 오면 어떡합니까?"

"여기는 산속 공동묘지 한복판이라 올 사람이 없지. 여기 결계가 강력해서 보통 사람 눈에는 안 보이거든. 하지만 가끔 자기도 모르는 초능력을 가지고 있는 사람은 여길 지나다 낌새를 챌 때도 있어. 그때는 말이야……."

경비원 황 씨가 갑자기 멧돼지로 변신했다. 우렁차게 몇 번 우는 소리를 내며 씩씩거리다가 다시 본래 모습으로 돌아온 경비원 황 씨가 계속해서 말했다.

"여긴 산속이니까 멧돼지로 변신해서 어슬렁거리면 알아서 도망칠 거야."

"그런 방법이 있었군요."

생각지도 못한 대처 방법에 마윤성이 감탄하자 경비원 황 씨가 쑥스러운 표정을 지었다.

"예전에는 귀신으로 변신했는데 자꾸 무당들이 찾아오더라고. 그러니까 학교 주변 상황에 맞게 대처하는 것이 중요해."

그때, 경비원 황 씨를 향해 여자아이 둘이 뛰어왔다. 아이들과 눈높이를 맞추려 허리를 굽힌 채 경비원 황 씨가 환하게 웃었다.

"나미랑 세리구나. 무슨 일이니?"

헐레벌떡 뛰어온 아이들은 정작 꿀 먹은 벙어리가 되었다. 그런 아이들의 머리를 쓰다듬으며 경비원 황 씨가 물었다.

"괜찮아. 선생님에게 얘기하지 않을게."

그러자 빨간 리본을 머리에 단 나미가 침울한 표정으로 입을 열었다.

"다혜가 안 보여요."

"5학년 다혜 말이지? 검정 치마 입고 다니는."

"맞아요."

"언제부터 안 보였는데?"

"오늘 아침부터요."

"수업을 빼먹은 거니?"

"네, 선생님이 찾았는데 어디 있는지 아는 애들이 없었어요."

"학교 밖으로 나간 것 같지는 않던데?"

경비원 황 씨가 고개를 갸웃거리자 빨간 리본 옆에 있던 세리가 겁먹은 표정으로 끼어들었다.

"다혜가 얼마 전부터 이상했어요."

그 얘기를 들은 경비원 황 씨가 눈을 반짝였다.

"어떻게 이상했는데?"

"땅바닥에 이상한 걸 새기나 그리고, 부쩍 말이 없어졌어요."

"말이 없어졌다고? 다혜 별명이 종달새였잖아. 하루 종일 쫑알거린다고 해서."

경비원 황 씨의 말에 두 아이가 키득거리며 고개를 끄덕였다. 경비원 황 씨는 모자를 고쳐 쓰면서 한숨을 짧게 내쉬고는 두 아이에게 말했다.

"내가 학교 안팎을 찾아볼 테니까 너희들은 선생님한테 얘기하는 게 좋겠다."

"다혜가 알리지 말라고 했어요."

나미의 말에 경비원 황 씨가 가볍게 웃었다.

"친구 걱정해 주는 마음은 잘 알겠는데 선생님이 모른 채로 일이 더 커질 수 있어. 무슨 말인지 알겠지?"

두 아이가 고개를 끄덕거리자 경비원 황 씨가 얼른 가라고 손짓했다. 자리를 떠나는 아이들의 뒷모습을 보면서 한 번 더 모자를 고쳐 썼다.

"심상치 않은데?"

"뭐, 큰일이야 있겠습니까?"

"여긴 말이야, 인재가 많이 나온 명문 학교야. 자네도 알지?"

"물론이죠. 그래서 절 여기로 실습 보낸 거 아니겠습니까?"

"그걸 뒤집으면 여기 있는 학생들을 노리는 자가 많다는 얘기가 되는 거지. 자기편으로 포섭하면 엄청난 힘이 되니까 말이야. 특히 다혜는 말이야……."

"무슨 능력이 있는데요?"

"염동력의 천재야. 거의 100년에 한 번 나올까 말까 하는 초능력자라고."

"그 정도입니까?"

못 믿는 마윤성에게 경비원 황 씨가 눈을 부라렸다.

"내가 직접 봐서 잘 알지. 정신력이 엄청 강한 선생님들도 감당하기 어려워했어."

"위원회에 알려야 하는 거 아닙니까?"

놀란 마윤성의 말에 경비원 황 씨가 고개를 저었다.

"시간이 부족해. 거기다 통신을 보내려면 결계를 풀어야 하잖아. 아까 촉수 괴물이 나타난 것도 그렇고, 주변이 심상치 않아."

"그럼 어디서 아이를 찾습니까?"

"짱박힐 만한 곳이 몇 군데 있지. 따라와."

마윤성은 본관 쪽으로 뛰어가는 경비원 황 씨의 뒤를 따라갔다. 공중 부양술을 쓰면 금방 돌아볼 수 있는데 굳이 뛰어가는 이유를 모르겠다고 속으로 투덜거리면서.

본관 뒤 창고에서는 다혜의 흔적을 찾지 못했다. 모자를 연거푸 썼다 벗었다 하면서 창고 안팎을 살펴본 경비원 황 씨가 마윤성을 향해 고개를 저었다.

"여긴 아닌 거 같아."

"그럼 다른 곳이 있나요?"

"강당 쪽에도 있긴 해. 가 보자고."

마음이 급해졌는지 이번에는 공중을 날아 이동했다. 마윤성도 뒤따라 이동하면서 학교를 살펴봤다.

20년 전, 지구 온난화 현상으로 인해 남극의 빙하가 녹으면서 숨겨져 있던 포털이 열렸다. 그리고 그곳에서 전설 속에서나 볼 법한 온갖 괴물이 쏟아져 나왔다. 세계 각국의 군대가 온갖 무기를 써 봤지만 통하지 않아 인류는 큰 위기에 처했다. 그때 나타난 것이 바로 초인들이었다. 그들의 초능력으로 괴물들을 물리쳐 겨우 평화를 얻었다. 그런데 문제는 초능력자의 수가 매우 적고 능력이 제각각이라는 점이었다. 결국 국가는 초능력을 가지고 있는 아이들을 찾아내 어릴 때부터 체계적으로 훈련시키는 일에 사활을 걸 수밖에 없었다.

이러한 학교의 존재는 일반인에게 철저히 감춰졌다. 우스갯소리로 학교 주변 집값이 올라가는 걸 막기 위해서라고 하지만 혹시나 인간으로 변신한 괴물의 습격을 받을 수도 있기 때문이었다. 그렇게 전국에 흩어져 있는 초능력자 전문 양성 학교 중에서 충청도 청양에 있는 이곳은 유독 특이했다. 학생 수가 적음에도 뛰어난 초능력자들이 계속 나왔던 것이다. 그래서 이 학교에 관한 여러 가지 전설이 있었는데 그중에는 천하무적이라고 불리는 경비원 황 씨도 포함되어 있었다. 마윤성은 그를 처음 만났을 때는 경망스럽고 촐랑거리는 데다 꼰대 기질까지 있어서 잘못된 소문이 아닌가 생각했었다. 딴생각을 하고 있던 마윤성에게 경비원 황 씨가 호통을 쳤다.

"정신 똑바로 차려!"

"아, 죄송합니다."

"초능력 학교의 경비원은 언제 어디서나 긴장하고 있어야 한다고."

경비원 황 씨의 잔소리는 체육관 지붕에 도착할 때까지 이어졌다. 도톰하게 솟은 체육관 지붕에 내려선 경비원 황 씨가 주변을 돌아봤다.

"저기 있다."

경비원 황 씨가 향한 곳은 지붕 바닥에 있는 네모난 철문이었다. 뚜껑처럼 되어 있어서 손잡이를 당겨 열자 아래쪽으로 내려가는 계단이 나왔다. 모자를 거꾸로 쓴 경비원 황 씨가 설명했다.

"지붕에 손볼 일이 있으면 올라오는 비상구야."

잠시 눈을 감고 주문을 외운 경비원 황 씨가 손바닥 위로 일렁이는 작은 불꽃을 만들어 계단 아래로 떨어뜨린 후 안을 살펴봤다.

"뭐가 보입니까?"

"아무것도 안 보여. 그래도 일단 들어가 보자. 계단 미끄러우니까 조심해."

경비원 황 씨의 뒤를 따라 마윤성도 계단을 내려갔다. 경비원 황 씨는 좀 전에 떨어뜨린 불꽃을 주워 들고는 주변을 살폈다. 창문이 하나도 없어서 대낮임에도 어두컴컴한 공간 여기저기에 각종 기계 장치와 전선이 어지럽게 얽혀 있었다.

"자네도 불꽃 만들 수 있어?"

앞장선 경비원 황 씨의 물음에 마윤성은 한쪽 손으로 관자놀이를 가볍게 눌렀다. 그러자 두 눈에서 강렬한 빛이 나왔다.

"저는 이걸 쓸 줄 압니다."

"오! 괜찮네. 나는 이쪽을 살펴볼 테니까 자네는 반대쪽을 돌아봐."

"다혜란 아이를 찾으면 어떡합니까?"

"소리치거나 놀라게 하지 말고 그냥 날 조용히 불러."

"알겠습니다."

경비원 황 씨가 어둠 속으로 사라지자, 마윤성은 빛이 나오는 눈을 이리저리 움직였다. 붉은색 페인트를 칠한 탱크와 파이프들이 거미줄처럼 엉켜 있는 곳에서 인기척이 느껴졌다. 마윤성이 인기척이 나는 어둠을 향해 물었다.

"다혜니?"

훌쩍거리는 소리가 들려왔다. 마윤성은 허리를 숙여 그쪽을 바라봤다.

"괜찮아. 아저씨가……."

눈에서 나온 빛이 바닥을 훑고 소리가 난 것을 비췄다. 누군가 웅크리고 있었는데 다혜가 아니라 소녀형 괴물 3호였다. 엄청나게 길고 뾰족한 이빨을 드러낸 소녀형 괴물 3호는 혀를 날름거리며 네 다리로 빠르게 기어 왔다.

"어이쿠!"

놀란 마윤성은 뒤로 물러나 허공으로 떠올랐다가 천장에 부딪치고 말았다. 큰 충격과 함께 바닥으로 떨어진 마윤성은 소녀형 괴물 3호의 이빨을 피해 몸을 옆으로 굴렸다. 그러다가 다른 괴물들이 하나둘씩 기어 나오는 것을 보고는 한숨을 쉬었다.

"맙소사, 결계 안인데 어떻게 숨어든 거지?"

일단 수에서 불리한데다 좁은 곳에서 싸우는 건 위험했다. 몸을 일으킨 마윤성은 한쪽 발로 바닥을 쳐 봤다. 쿵쿵거리는 소리가 꽤 깊게 들리자 바닥이 얇다는 것을 눈치채고는 곧장 두 발에 힘을 줬다. 얇은 패널로 된 지붕이 무너지면서 마윤성은 체육관으로 떨어졌다.

균형을 잡고 사뿐하게 내려앉은 마윤성 주변을 소녀형 괴물 3호와 족제비형 괴물 6호가 둘러쌌다. 두 팔을 교차해서 에너지를 모은 마윤성은 괴물들이 한꺼번에 덤벼드는 걸 보고는 한쪽 주먹으로 바닥을 내리쳤다.

"결!"

그러자 괴물들이 마치 허공에 뜬 것처럼 멈춰 버렸다. 피가 부글거리는 걸 느낀 마윤성은 서둘러 움직였다. 에너지를 모은 주먹으로 괴물들의 급소를 한 대씩 때리면서 움직였다. 위기를 느낀 괴물들이 안간힘을 쓰면서 마윤성의 시간 정지 초능력을 풀어내려고 했다.

"어림없지. 강남 제일 초능력 학교 최고의 염력술사가 바로 나였어."

간신히 이빨을 드러낸 소녀형 괴물 3호의 아래턱에 있는 힘껏 어퍼컷을 날렸다. 그의 초능력으로 시간이 거의 멈추다시피 한 상태였기 때문에 충격도 느리게 퍼지면서 괴물들에게 더 큰 고통을 안겨 줬다. 괴물들이 고통스러워하는 것을 보고 마윤성은 시간 정지 초능력을 풀었다. 너무 오래 쓰면 피가 뜨거워져서 제대로 움직이지 못하기 때문이다. 마윤성은 바닥에 쓰러진 괴물들이 소멸되는 걸 보면서 거칠게 숨을 몰아쉬었다.

"대체 뭐가 어떻게 돌아가는 거야?"

바닥에 떨어진 코피 한 방울이 치직거리며 타들어 갔다. 마윤성은 부서진 천장에서 육중한 거인형 괴물 14호가 내려오는 걸 보고 낙담했다.

"젠장, 지금 컨디션으로는 좀 어려울 수도 있겠는걸."

난폭하고 잔인한 거인형 괴물 중에서도 14호는 특히 악랄했다. 머리에 난 큰 뿔로 사람들을 닥치는 대로 찌르고, 두 발로 짓밟아서 아주 잔혹하게 학살하곤 했다.

'튈까?'

도망칠까도 생각해 봤지만 그랬다가는 아이들이 무슨 피해를 입을지 몰랐다. 싸우기로 결심한 마윤성은 두 팔에 에너지를 집중했다. 기회는 한 번뿐이었다. 거인형 괴물의 약점은 보통 겨드랑이와 목덜미 뒷부분이었다. 하지만 거인형 괴물들도 바보가 아니었기 때문에 두 곳 모두 강철 갑옷으로 가리고 있었다.

'아마 대초능력 결식 갑옷이겠지.'

일이 점점 복잡해진다고 생각하던 찰나, 거인형 괴물 14호가 목덜미에 있는 아가미를 펼치며 푸르르 떨었다. 공격을 하겠다는 뜻이기 때문에 마윤성도 얼른 결정해야만 했다. 도망칠지 혹은 싸울지 말이다. 그래도 물러날 생각은 없었던 마윤성은 한쪽무릎을 꿇고 에너지를 모았다. 살갗이 타들어 가는 듯한 고통이 느껴졌지만 싸우기 위해서는 어쩔 수 없었다. 점점 다가오는 거인형 괴물 14호를 바라보면서 각오를 다지는데 갑자기 위에서 신난 목소리가 들렸다.

"이얏호!"

몸체가 두 배로 커진 경비원 황 씨가 우람한 근육을 뽐내면서 아래로 떨어졌다. 그리고 한쪽 무릎으로 거인형 괴물 14호를 머리부터 찍어 눌렀다. 뭔가 부서지는 듯한 소리와 함께 거인형 괴물 14호의 머리가 산산조각 나 버렸다. 머리를 잃은 거인형 괴물 14호의 몸통은 바닥에 엎어진 채 꿈틀거리다가 그대로 소멸되었다. 헐크처럼 몸을 두 배로 부풀린 경비원 황 씨의 한쪽 손에는 여우형 괴물 2호가 잡혀 있었다. 잠시 후, 괴물이 소멸되자 경비원 황 씨가 두 손을 탁탁 털었다.

"아, 이것들이 어떻게 결계를 뚫고 들어왔지?"

"그러게요. 다른 건 몰라도 거인형 괴물은 결계를 뚫고 들어오기 어렵잖아요."

"아무래도 결계의 일부가 뚫린 모양이야. 어제 철야 순찰을 했을 때도 별 이상 없었는데 말이야. 그나저나 다혜 찾았어?"

"아뇨, 없었습니다."

고개를 저으며 대답하는 마윤성을 보고 경비원 황 씨가 걱정스러운 표정을 지었다.

"아무래도 다혜에게 문제가 생긴 것 같아."

"납치당한 걸까요?"

"그 정도가 아니야. 다혜가 가지고 있는 초능력은 염동력이야. 뭔가를 끌어올 수 있다는 뜻이지."

"그럼 다혜가 괴물들을 학교 안으로 들어오게 한 거라고요?"

"괴물들이 체육관 천장에 숨어 있었잖아."

"그렇죠."

경비원 황 씨가 부서진 천장을 보면서 중얼거렸다.

"이 다음 시간이 전교생 체육 활동 시간이야. 그러니까 학생들이 여기 다 모일 때까지 기다렸다가 덮칠 생각이었던 거 같아."

"미리 계획을 했단 말입니까?"

"아마도. 아까 촉수형 괴물들이 기어 올라온 것도 양동 작전이었겠지. 한번 습격을 시도했다가 물러나는 걸 보면 아무래도 나나 학교 선생님들이 방심할 테니까 말이야."

"괴물들도 진화하는군요."

"그러니까 정신 바짝 차려야지. 한시라도 빨리 다혜를 찾아야 할 거 같아."

"찾아볼 만한 곳이 남아 있습니까?"

잠시 고민하던 경비원 황 씨가 눈빛을 반짝거렸다.

"한 군데 있어."

"어딥니까?"

"교문 옆에 있는 종탑 공원."

"네? 학교 안에서 교회 같은 건 못 봤는데요?"

"교회는 없고 종탑만 있어. 예전엔 여기 교회가 있었거든."

"그 교회의 종탑입니까?"

"응, 교회를 철거하고 종이 있는 꼭대기랑 기초석 같은 걸 모아서 작은 공원처럼 조성했지."

서둘러 밖으로 나가는 경비원 황 씨를 뒤따라가며 마윤성이 물었다.

"다혜가 거길 자주 갔었습니까?"

"종종. 뭔가 생각하거나 염동력을 연습할 때 거길 갔었지. 운동장 건너편이라 다른 아이들은 잘 안 오는 곳이었거든."

체육관 문을 나서자마자 경비원 황 씨는 공중으로 부양했다. 마윤성 역시 허공으로 몸을 날렸다. 본관의 현관 문 앞에 선생님들과 아이들이 모여 있는 게 보였다. 경비원 황 씨가 초조한 표정을 지었다.

"아이들은 너무 어리고 선생님들의 전투력도 높은 편이 아니야. 괴물들이 이렇게 쏟아져 들어오면 막는 건 불가능해."

"본부에 통신으로 알리는 건 어떻습니까?"

"그러려면 결계를 제거해야 하는데 그게 놈들의 계획일 수도 있어. 쏟아져 들어오면 나도 감당 못 해."

경비원 황 씨가 얘기한 공원에는 정말 작은 종탑이 있었다. 종이 있는 교회의 첨탑을 잘라다가 땅바닥에 세워 둔 모양이었는데 주변에는 원형으로 기초석 같은 것들이 놓여 있었고, 그 뒤편으로는 벤치들이 있었다. 교문 근처이긴 하지만 옆으로 살짝 휘어진 형태의 땅인 데다가 입구 쪽에 나무들이 주르르 심어져 있어서 교문 근처에서는 잘 보이지 않았다. 종탑 근처에 내려앉은 마윤성은 앞서 도착한 경비원 황 씨에게 물었다.

"아이는 안 보입니다. 이상한 징후도 없고요."

경비원 황 씨 역시 의아한 얼굴로 종탑 공원 주변을 살펴봤다. 그러다 어떤 낌새를 느꼈는지 마윤성을 확 떠밀었다.

"위험해!"

마윤성이 서 있던 자리로 거대한 화염공이 날아왔다. 비록 마윤성이 초능력자라고 해도 정통으로 맞았다면 버티기 힘들 정도의 파장이었다. 바닥을 한 바퀴 뒹굴며 일어난 마윤성은 곧장 옆에 있던 벤치 뒤로 몸을 날렸다. 아슬아슬하게 벤치 위를 스치고 지나간 화염공이 나란히 서 있는 나무 중 하나에 명중했다. 나무는 순식간에 잿더미로 변했다. 기초석 뒤로 몸을 숨긴 경비원 황 씨가 외쳤다.

"종탑 쪽이야!"

등받이 부분이 불에 탄 벤치 위로 고개를 살짝 내민 마윤성이 종탑 쪽을 보면서 눈에 힘을 줬다. 투시 능력으로 종탑 안쪽에서 강력한 파장을 잡아냈다.

"기룡 6A급 정도는 되겠는데요."

마윤성의 외침에 경비원 황 씨가 고개를 절레절레 저었다.

"젠장, 기룡급이랑 마지막으로 싸운 게 30년 전인데 말이야."

"저랑 같이 힘을 합쳐서 파장을 쏘시죠. 그럼 무찌를 수 있을 거 같습니다."

"안 돼. 종탑 안에 다혜가 있을 거야."

경비원 황 씨의 얘기에 마윤성이 버럭 화를 냈다.

"지금 다혜를 생각할 때가 아니잖아요. 까딱 잘못하면 학교 전체가……."

"나도 알아. 하지만 경비원은 결코 포기하지 않아."

"그 잘난 경비원!"

화를 내려던 마윤성은 순간적으로 다가오는 파장을 느끼고는 황급히 몸을 피했다. 하지만 벤치에 명중한 화염공이 터지면서 함께 튕겨 나갔다. 나무에 부딪친 뒤 바닥에 떨어진 마윤성은 온몸으로 밀려오는 통증에 정신을 차리지 못했다. 그때 경비원 황 씨의 목소리가 들렸다.

"내 말 들려?"

"네."

"앞에서 버텨 볼 테니까 옆으로 돌아가. 종탑 뒤편에 문이 하나 있어."

"어떻게 버티려고요?"

어질어질한 머리를 흔들며 큰 소리로 대꾸한 마윤성은 경비원 황 씨가 아까보다 두 배는 더 커진 것을 보고 입을 다물지 못했다. 옷을 찢고 나온 근육은 반짝거리는 에너지로 가득 찼고, 온몸이 피처럼 붉어져 있었다.

"어서 가!"

경비원 황 씨의 외침에 정신을 차린 마윤성은 몸을 낮춘 채 종탑 쪽으로 기어갔다. 종탑에서 연거푸 화염공이 날아왔지만 경비원 황 씨는 피하지 않았다. 연달아 세 방이나 맞고 휘청거리며 뒤로 물러났지만 이내 온몸에 에너지를 끌어모았다. 거대해진 경비원 황 씨가 괴성을 지르며 발을 쿵쿵 굴러서 기룡의 시선을 붙잡았다.

그사이에 은신 초능력으로 몸을 숨긴 마윤성은 종탑 뒤편에 있는 문 앞까지 접근했다. 문짝은 이미 떨어져 있었고, 그 안쪽은 어두컴컴했다. 한쪽 손으로 관자놀이를 눌러 두 눈에 빛을 발생시켰다. 벽에 기댄 채 안쪽을 살피자 기룡 특유의 습한 기운이 느껴졌고, 축 늘어진 몸통이 보였다. 경비원 황 씨에게 신경을 쓰고 있는 탓인지 기룡은 마윤성의 존재는 알아차리지 못했다. 기룡 옆에 체구가 작은 여자아이가 보였다.

'저 애가 다혜구나.'

마윤성은 경비원 황 씨에게 화염을 퍼부어 대느라 여념이 없는 기룡의 뒤로 다가갔다. 기척을 느끼고 고개를 든 여자아이와 눈이 마주쳤다. 손가락으로 조용히 하라는 신호를 보내며 마윤성이 속삭였다.

"네가 다혜니?"

대답 대신 고개를 끄덕거린 여자아이가 그에게 다가와 안겼다. 불안함을 말없이 표현한 것이라고 생각한 마윤성은 등을 토닥거리면서 말했다.

"어서 나가자."

그때 반대쪽 구석에 또 다른 다혜가 우두커니 서 있는 게 보였다. 놀란 마윤성이 중얼거렸다.

"쌍둥이였나?"

두 아이를 번갈아 바라보던 마윤성은 두 아이가 신은 신발의 색깔이 다른 걸 알아차렸다. 안고 있던 다혜는 분홍색 신발이었는데, 서 있는 다혜는 노란색 신발을 신고 있었던 것이다. 아까 경비원 황 씨에게 이 학교 여학생들이 어떤 색깔의 신발을 신고 있는지 들은 기억을 떠올린 마윤성이 소리쳤다.

"노란색!"

마윤성은 안고 있던 다혜를 던지고, 우두커니 서 있던 다혜를 붙잡았다. 버려진 다혜가 괴성을 지르자 기룡이 공격을 멈추고 돌아봤다. 진짜 다혜를 안은 마윤성은 시간 정지 초능력을 쓰면서 종탑 바깥으로 몸을 날렸다. 기룡이 뿜어낸 화염공이 종탑의 벽에 맞으면서 파편이 사방으로 퍼져 나갔다. 전에 시간 정지 초능력을 쓴 탓에 에너지가 떨어진 마윤성은 온몸에 파편을 뒤집어쓰고 말았다.

"으윽!"

다혜를 품에 안고 바닥에 쓰러진 마윤성은 고통에 몸부림쳤다. 그때, 종탑을 부수고 나온 기룡이 괴성을 지르며 그를 내려다봤다. 마윤성은 놀라서 울고 있는 다혜를 끌어안은 채 눈을 질끈 감았다. 그 순간 하늘 높이 뛰어올랐던 경비원 황 씨가 깍지 낀 두 손으로 기룡의 머리를 내리쳤다. 충격을 받고 기룡의 머리가 휘청거렸다. 씩씩거리며 땅에 내려앉은 경비원 황 씨가 주먹으로 기룡을 후려치면서 외쳤다.

"우리 학교에서 무슨 짓이야!"

아까보다 더 커진 경비원 황 씨의 주먹에서 빛이 뻗어 나왔다. 그걸 본 마윤성이 감탄했다.

"저건!"

타격계 초능력 중에서도 가장 많은 에너지가 소모되면서 큰 충격을 주는 빛의 주먹이었다. 10년간 포털에서 나온 괴물들과 싸워 왔지만 이 기술을 실제로 본 건 딱 한 번뿐이었다.

빛의 주먹에 맞은 기룡은 괴성을 지르며 날아갔다가 결계에 부딪히고 말았다. 고통에 몸부림치던 기룡에게 다가간 경비원 황 씨가 한 손으로 기룡의 목을 움켜쥐었다. 기룡이 마지막 에너지를 쥐어짜서 화염공을 쐈지만 고개를 옆으로 움직여서 가볍게 피한 경비원 황 씨는 단숨에 기룡의 목을 부러뜨렸다. 축 늘어진 기룡은 이내 소멸되어 버렸다. 이를 지켜본 마윤성은 한숨을 돌렸다. 그리고 A급 초능력자들도 꺼리는 기룡을 단숨에 제압한 경비원 황 씨의 능력에 놀랐다. 기운을 낸 마윤성은 울고 있는 다혜를 달래 주려다가 이상한 빛을 내는 목걸이를 봤다.

"이건!"

목걸이를 낚아챈 마윤성은 남아 있는 에너지를 쥐어짜 목걸이를 소멸시켰다. 손안에서 목걸이가 녹아내리자 멀리서 비명 소리가 들려왔다. 한숨 돌린 마윤성에게 원래 크기로 돌아온 경비원 황 씨가 다가왔다.

"무슨 일이야?"

마윤성이 울고 있는 다혜를 보면서 말했다.

"영혼석으로 된 목걸이를 하고 있었어요."

"뭐라고?"

"그걸로 다혜를 조종하고, 다혜의 염력을 이용해 요괴들을 결계 안으로 이동시킨 거 같습니다."

"영혼석을 다혜에게 준 건 누구지?"

경비원 황 씨의 물음에 마윤성은 몸을 일으키며 본관 쪽을 바라봤다.

"저쪽에서 비명 소리가 들렸습니다."

"가 볼까? 움직일 수 있겠어?"

"그럼요."

힘겹게 몸을 일으킨 마윤성은 울고 있는 다혜를 달래 주며 본관 쪽으로 걸어갔다. 현관 앞에 뭔가 소멸된 흔적이 보였다. 그때, 빨간 리본을 머리에 단 나미가 다가와 말을 건넸다.

"국어 선생님이 갑자기 쓰러졌다가 사라졌어요."

경비원 황 씨가 소멸된 흔적이 남은 자리를 내려다보며 고개를 갸웃거렸다.

"1년 넘게 근무했었는데?"

"주말에 집에 갔다 오신 다음부터 말씀이 부쩍 줄었어요."

나미의 얘기를 들은 경비원 황 씨가 혀를 찼다.

"그때 바꿔치기당한 모양이군."

교장으로 보이는 나이 든 선생님이 경비원 황 씨를 불렀다. 한참 얘기를 나누던 경비원 황 씨는 수업 시작을 알리는 종소리가 울리자 아이들에게 말했다.

"얘들아, 들어가서 수업 들어야지. 여긴 아저씨가 처리할게."

선생님들이 아이들을 데리고 본관으로 들어가자 한숨 돌린 경비원 황 씨가 마윤성을 돌아봤다.

"고마워. 자네가 아니었으면 혼자서 처리하지 못했을 거야."

"별말씀을요. 경비원 일도 쉬운 게 아니군요."

마윤성의 말에 경비원 황 씨가 웃었다.

"경비원의 하루는 평범하면서도 특별하니까."

그러면서 찢겨지고 그을린 자신의 경비복을 내려다봤다.

"아무래도 경비실에서 옷을 갈아입어야겠네. 나머지 실습은 옷 갈아입고 하세."

"그러죠."

경비실로 향하는 그의 뒤를 따라가던 마윤성은 고개를 들어 하늘을 바라봤다. 결계 때문에 살짝 가려지긴 했지만 한없이 푸르렀다.

우리는 가끔 삶에 지칠 때 초능력을 꿈꾸곤 합니다. 학창 시절에는 채점된 시험지를 보고 시간을 뒤로 돌릴 수 있는 능력을 꿈꿨고, 직장을 다닐 때는 괴물 같은 상사의 눈을 피할 수 있게 투명해지는 능력이 생겨났으면 하는 바람을 가지곤 했습니다. 지하철에서 다리가 아플 때는 자리에 앉은 사람들 중 누가 어디에서 일어나는지 알 수 있는 능력이 있었으면 하는 아쉬움을 가지고 있었죠. 로또를 파는 가게 앞을 지나면서는 당첨 번호를 먼저 알고 있었다면 정말 좋겠다고 바라곤 했습니다. 이렇게 우리는 삶이 잘 풀리지 않고 거대한 벽에 부딪쳤을 때 그걸 뛰어넘을 수 있는 초능력을 열망합니다. 실제로 초능력을 쓰는 주인공이 등장하는 영화나 드라마, 애니메이션은 셀 수 없이 많습니다. 우리가 그만큼 초능력을 꿈꾸고 있다는 걸 상징적으로 보여 주는 부분이죠. 〈경비원의 하루〉는 그런 초능력자들이 등장한 세상에 대해서 다루고 있습니다. 초능력자들을 직접 이야기하는 대신 그들을 지켜 주는 존재를 통해 그들의 일상을 다뤄 보고자 했습니다. 이 책이 부디 초능력을 발휘해 여러분에게 의미 있고 재미있게 읽히기를 바랍니다.

전건우

소녀, 점프

찬우는 오늘도 맞은 게 틀림없다. 살짝 찡그린 표정만 봐도 알 수 있다. 찬우를 때린 애들은 보나 마나 영수 패거리고. 걔들은 어른들한테 들킬까 봐 상처 안 남는 배만 때린다고 했다.

"치사하고 비겁해."

혜미는 곁눈질로 찬우를 보며 중얼거렸다. 자기가 해 줄 수 있는 게 아무것도 없어 더 속상했다.

김영수는 공부도 잘하고 운동도 잘했다. 싸움도 1등이었다. 금수저라 돈도 펑펑 쓰고 다녔다. 선생님들도 늘 김영수 칭찬을 했다. 그에 비해 혜미는 '지나가는 학생 1'이었다. 올해 초 반에서 연극을 할 때 혜미가 맡은 배역이 바로 '지나가는 학생 1'이었다.

'지나가는 학생 2'는 다름 아닌 찬우였다. 그 연극의 주인공은 김영수였다. 약한 애들을 괴롭히던 평소 모습과 달리 저스티스맨이 되어 악당을 물리쳤다.

"세상은 불공평해."

혜미는 다시 혼잣말을 했다.

"무슨 말이야?"

급식을 다 먹고 책상에 엎드려 있던 소민이 물었다.

"잘난 애들은 더 잘나간다고. 선생님도 잘난 애들만 좋아하고."

"야! 그게 당연한 거지. 너 같으면 못 나가는 애랑 친하게 지내고 싶겠냐?"

그렇게 말하는 소민은 '지나가는 학생 3'이었다.

자리에 앉아 있던 찬우가 어두운 표정으로 교실을 나갔다. 그걸 본 혜미는 자기도 모르게 의자에서 일어났다. 찬우의 표정이 심상치 않았다.

"점심시간 끝나 가는데 어딜 가? 과학 완전 무서운 거 너도 알잖아?"

소민이 말했다.

"아니, 잠깐……."

혜미는 대충 얼버무린 후 서둘러 복도로 나갔다. 조금 있으면 5교시였다. 애들은 한껏 떠들면서 각자 교실로 들어가는 중이었다. 그 사이로 찬우의 뒷모습이 보였다. 잠시 망설이던 혜미는 찬우를 따라갔다.

찬우는 중앙 계단을 올라갔다. 계단의 끝에는 옥상이 있었다.

찬우는 광민중학교 3학년 2반 공식 은따였다. 은따 앞에 '공식'이 붙는 게 이상하기는 하지만 같은 반 아이들은 모두 아는 사실이라 숨기고 말고 할 것도 없었다. 찬우는 평범했다. 성적도 평범하고 운동 실력도 평범했다. 덩치도 작고 말수도 적어 딱히 존재감도 없었다. 다만 찬우네 집은 가난했다. 중학교 3학년만 되어도 그런 것쯤은 단번에 알 수 있었다. 2반에서 핸드폰이 없는 애는 찬우뿐이었다. 들고 다니는 가방도 촌스러웠고 운동화도 낡고 오래된 거였다.

어쩌면 그랬기에 영수와 그 친구들이 찬우를 괴롭히기 시작한 건지도 모른다. 돈이 없으면 만만해 보이니까. 처음에는 괜히 툭툭 치고 건드리는 정도였지만 찬우가 별다른 반응을 보이지 않자 갈수록 괴롭힘이 심해졌다. 그때부터였다. 다른 애들도 찬우를 멀리하기 시작한 게. 찬우와 말이라도 했다가 괜히 영수에게 찍히면 안 되니까.

혜미도 마찬가지였다. 영수 패거리가 무서워서 찬우와는 눈도 마주치지 않았다. 마음은 찜찜했지만 혜미도 어쩔 수 없었다. 중학생으로 보내는 마지막 1년을 은따로 지내고 싶지는 않았다.

적어도 연극을 하기 전까지는 그랬다.

찬우는 걸음이 빨랐다. 계단을 쑥쑥 올라가더니 얼마 안 가 옥상 문 열리는 소리가 들렸다. 혜미 심장이 쿵쾅쿵쾅 뛰었다. 숨이 찼지만 쉬지 않고 올라갔다. 온갖 나쁜 생각이 혜미 머릿속을 채웠다. 이제 몇 계단만 더 오르면 옥상이었다. 후텁지근한 여름 바람이 혜미의 머리카락을 스치고 지나갔다.

"헉헉."

혜미는 옥상에 오르자마자 숨부터 골랐다. 땀이 줄줄 흘렀다. 이럴 때는 통통한 몸매가 싫었다. 어느 정도 진정이 되자 혜미는 고개를 들어 옥상을 둘러봤다.

찬우는 옥상 난간에 바짝 붙어 서서 어딘가를 바라보고 있었다. 뒷모습만으로는 무슨 생각을 하는지 알 수가 없었다. 막상 찬우를 따라 옥상으로 올라왔지만 혜미는 어떻게 해야 할지 몰라 안절부절못하며 서 있기만 했다. 갑자기 찬우를 부르자니 어색했고, 그렇다고 이 상태로 계속 지켜볼 수만은 없었다. 이제 곧 수업이 시작될 시각이었다.

"아! 시원해."

결국 혼잣말을 크게 하는 쪽으로 선택했다. 막상 말을 하고 보니 너무 어색해서 얼굴이 빨개졌다. 다행히 찬우가 고개를 돌렸다.

"어? 혜미 너, 웬일이야?"

"아! 너였구나. 이찬우. 난 또 누군가 했네. 나는 저기 뭐야, 그래, 더워서 바람 쐬러 왔지. 하하."

"그, 그래."

찬우는 별 의심 없이 믿는 듯했다. 혜미는 작게 안도의 한숨을 쉬었다.

"그런데 넌 뭐 해?"

혜미의 질문에 찬우는 다시 옥상 난간으로 고개를 돌리려다 말고 멈칫했다.

"그냥 좀 생각할 게 있어서. 여기서 저걸 보고 있으면 머리가 맑아지거든."

"뭔데?"

혜미는 자연스레 찬우 옆에 다가섰다. 찬우는 약간 놀라는 듯했지만 이내 손을 들어 어딘가를 가리켰다.

"저거 말이야."

찬우의 손가락 끝에는 빨간색 애드벌룬이 있었다. 대형 할인 마트의 오픈을 알리는 풍선이었다. 애드벌룬에는 '저렴하게! 신선하게!'라고 적힌 현수막이 수염처럼 주렁주렁 매달려 있었다. 그저 그뿐, 빨간색 애드벌룬은 별다른 특징이 없었다. 바람이 불 때마다 빙글빙글 돌거나 힘없이 나부끼는 게 다였다.

"저 풍선 보는 게 좋다고?"

혜미는 슬쩍 물었다.

"응."

찬우는 전에 본 적 없는 환한 얼굴로 고개를 끄덕였다.

"저기…… 이유 물어봐도 돼?"

"보고 있으면 나도 두둥실 떠 있는 기분이야. 저렇게 뜬 채로 바람 따라 이리 움직이고 저리 움직이고 하면 기분이 얼마나 좋을까?"

"줄이 끊어지면? 내가 저 풍선이라면 무서울 것 같은데."

"만약 줄이 끊어지면 점점 더 하늘 높이 올라가 우주로 갈 수도 있지 않을까? 그럼 난 신날 거야!"

혜미는 처음으로 알았다. 찬우의 목소리가 은근히 부드럽고 근사하다는 것을. 그리고 재잘재잘 제법 말을 많이 한다는 것을.

혜미가 찬우의 옆모습을 힐끔 봤을 때였다. 핸드폰으로 메시지가 날아왔다. 소민이었다.

– 야! 지금 어디? 수업 시작했어!

메시지를 보자 퍼뜩 제정신으로 돌아왔다.

"빨리 내려가야 해. 과학 왔나 봐!"

혜미가 찬우의 팔을 잡아끌었다. 찬우는 움찔 놀라며 혜미를 바라봤다. 혜미 역시 찬우와 눈을 마주치고는 어색하게 웃었다.

그러면서 잡고 있던 팔을 슬그머니 놓았다.

"수업…… 안 들어갈 거야?"

혜미가 조심스레 물었다.

찬우의 눈동자가 흔들렸다. 때마침 바람이 크게 불었다. 두 사람은 자연스레 애드벌룬을 바라봤다. 빨갛게 익은 풍선이 둥실둥실 떠오르며 춤을 췄다.

"가야지."

찬우가 조용히 말했다.

"응?"

"수업…… 들어가자고."

그렇게 말하며 찬우는 슬쩍 웃었고, 혜미는 괜히 손으로 부채질을 했다.

수업은 이미 시작됐다. 찬우는 교실 뒷문에 서서 혜미에게 고갯짓을 했다. 그러고는 소리 없이 입만 움직여 말했다.

'먼저 들어가.'

무슨 의미인지 알아챈 혜미는 주뼛거리며 교실로 들어갔다. 애들 시선이 일제히 혜미에게 쏠렸다.

"넌 왜 이제 들어와?"

과학은 역시 버럭 소리를 질렀다.

혜미는 고개를 푹 숙인 채 종종걸음으로 자리에 앉았다. 그러고 몇 분 지나 찬우가 슬그머니 교실로 들어왔다.

"너는 또 뭐야? 뭐 하다가 이제 와?"

과학은 아까보다 더 화를 냈다.

"죄송합니다."

찬우도 고개를 숙이고 자리에 앉았다. 과학의 구겨진 표정은 풀리지 않았다. 과학은 혜미와 찬우를 번갈아 보더니 끝내 한마디를 더했다.

"아까 들어온 애랑 너, 너희 둘은 방과 후에 과학실 청소다. 알겠어?"

"네."

혜미는 기어들어 가는 목소리로 대답했다. 뒤이어 찬우의 목소리도 들렸다.

"그런데 너희 둘은 이름이 뭐냐?"

과학이 물었다.

"지나가는 학생 1이랑 학생 2요."

누군가가 큰 소리로 말했고 교실은 웃음바다가 됐다.

지나가는 학생 1과 학생 2는 딱히 대사가 없었다. 그야말로 무대를 지나가다가 악당의 공격을 받고 "으악!" 하며 쓰러지는 게 다였다. 무대가 어두워지고 조명이 빛나며 저스티스맨이 등장하기 전, 지나가는 학생 1과 2는 무대 밖으로 퇴장해야 했다.

쓰러져 있던 혜미는 조명이 꺼지자마자 벌떡 일어나 무대 밖 계단으로 향했다. 주인공인 저스티스맨이 등장하기 전까지 얼마 남지 않았다. 혜미는 서두르다가 발목을 약간 삐었다. 아파할 겨를도 없었다. 연출을 맡은 담임이 빨리 퇴장하라고 신호를 보냈다.

절뚝거리며 계단을 내려가던 혜미는 너무 어두워 발을 헛디디고 말았다. 순식간에 몸이 앞으로 기울었다. 이대로라면 엄청나게 큰 소리를 내며 바닥에 넘어지겠다고 생각한 바로 그 순간, 누군가가 계단 밑에서 혜미의 몸을 받아 줬다. 거의 끌어안다시피 해서.

지나가는 학생 2, 찬우였다.

"괜찮아?"

찬우는 혜미가 계단을 다 내려갈 때까지 부축해 준 후 어둠 속으로 사라졌다. 그날 그 순간부터였다. 혜미가 2반 공식 은따 이 찬우를 짝사랑하게 된 것은.

과학실은 생각보다 훨씬 지저분했다. 다른 반 애들이 수업을 듣고는 그대로 몸만 빠져나간 모양이었다.

"어휴, 사용했으면 자기들이 치워야지!"

혜미가 투덜거리는 사이 찬우는 말없이 책상 위의 실험 도구들을 정리했다. 그 모습을 보자 혜미는 괜스레 짜증이 났다.

"넌 화도 안 나?"

혜미는 가시 돋친 말투로 물었다가 금세 후회했다.

"화내 봐야 바뀌는 게 없잖아."

찬우는 덤덤하게 말했다.

"그래도……."

"힘도 없는데 화를 내면 자신만 슬퍼져."

찬우의 말을 듣는 순간 혜미의 심장이 쿵 내려앉았다. 이유는 알 수 없지만 괜스레 눈물이 날 것 같았다. 혜미는 찬우와 최대한 떨어져 교탁을 정리하기 시작했다. 그러다가 교탁 아래 놓인 둥근 유리병을 발견했다. 겉에는 해골 표시와 함께 'danger'라고 적혀 있었다. 뚜껑도 꽉 닫혀 있었다.

"이게 뭘까?"

혜미는 유리병을 조심스레 들고 찬우에게 다가갔다. 찬우는 유리병 속에 든 투명한 액체를 유심히 바라봤다.

"모르겠는데. 근데 위험할 것 같으니까 잘 넣어 두자. 이리 줘."

혜미가 찬우에게 유리병을 막 건네려던 때였다.

드르륵!

갑자기 문이 열리며 과학이 들어왔다. 그 소리에 깜짝 놀란 혜미가 유리병을 놓치고 말았다.

"아!"

찬우가 잡으려고 했지만 소용없었다. 유리병은 바닥에 떨어져 산산조각이 나고 말았다. 동시에 액체가 기화되며 엄청나게 많은 김이 피어올랐다. 김은 혜미와 찬우를 순식간에 휘감았다.

"숨 쉬지 마!"

과학이 소리치는 걸 들으며 혜미는 정신을 잃었다.

다시 정신을 차렸을 때 혜미는 보건실 침대에 누워 있었다. 혜미가 눈을 뜨자 보건 선생님이 걱정스러운 표정으로 물었다.

"괜찮니? 지금 119 불렀으니까 조금만 기다리자."

"119요? 완전 괜찮은데……. 저 얼마나 누워 있었어요?"

"이제 5분쯤 됐어."

"그것밖에 안 됐어요?"

믿을 수가 없었다. 밤새 한 번도 깨지 않고 푹 잔 것처럼 개운한데 5분이라니. 게다가 머리도 맑고 몸도 가벼워진 느낌이었다. 전에 없이 힘이 솟았다.

"선생님, 저 그냥 갈게요. 진짜 괜찮거든요."

혜미는 침대에서 일어나며 그렇게 말했다.

"정말 괜찮겠어? 하긴, 같이 온 남학생도 괜찮다며 그냥 가긴

했어.”

“찬우도요?”

그러고 보니 옆 침대가 비어 있었다.

“그럼 신고한 건 취소할게. 그 대신에 조금이라도 이상이 있으면 바로 병원에 가야 한다. 알겠지?”

보건 선생님의 말에 혜미는 고개를 끄덕였다.

가방을 챙겨 든 혜미는 보건실을 나와 운동장을 가로질렀다. 그 액체는 뭐였을까? 분명 위험 물질이라 적혀 있고 거기에 잠깐 노출된 것만으로도 정신을 잃었으니 무척 나쁜 화학 물질일 것이다.

그런데 단잠을 실컷 자고 난 듯한 이 상쾌함은 뭘까?

혜미는 노래까지 흥얼거리며 학교를 빠져나갔다. 평소에는 무겁기만 했던 다리도 오늘따라 무척 가벼웠다. 달리기를 하면 늘 꼴찌였는데 지금 같아서는 누구보다 빠르게 달릴 자신이 있었다.

아직 약 기운이 남아서 그런 걸까?

혜미로서는 그렇게 생각할 수밖에 없었다. 그때였다. 저만치 앞서가는 찬우의 뒷모습이 보였다. 낡은 가방이며 구부정한 어깨가 틀림없는 찬우였다.

“찬우야!”

혜미는 찬우를 불렀다. 그러고는 달려가기 위해 한 발을 내디뎠다. 순간, 그 일이 일어났다. 몸이 풍선처럼 둥실 떠올랐다. 보이지 않는 손이 혜미의 몸을 받쳐 들고 움직이는 것 같았다. 아니면 애니메이션에서 그런 것처럼 한 칸씩 한 칸씩 구름을 밟고 움직이는 느낌이었다.

"으아!"

비명을 지르는 것과 동시에 혜미는 착지했다. 찬우 바로 앞이었다. 찬우는 갑자기 나타난 혜미를 보고 깜짝 놀란 표정을 지었다.

"너, 너, 뭐야?"

"아니, 그게 아니고……."

"너, 바, 방금 공중에서 떨어졌어!"

찬우는 말까지 더듬었다. 혜미는 당황한 표정을 애써 감추며 활짝 웃었다. 억지로 웃느라 뺨이 부들부들 떨릴 정도였다.

"에이, 내가 뭐 원더우먼도 아니고. 내가 좀 통통해도 달리기는 빠르거든. 널 보고 전속력으로 달려온 것뿐이야. 하하!"

말이 되는 소리인지 아닌지는 상관없었다. 혜미는 이 순간을 최대한 자연스레 넘기고 싶었다. 하지만 자기 머릿속도 뒤죽박죽이라 무슨 말을 어떻게 더해야 할지 감이 잡히지 않았다. 학교 정문에서 날다시피 점프를 해 찬우 앞에 착지했다는 걸 사실대로 말할 순 없었다.

"그래? 너, 진짜 달리기 빠르구나. 놀랐어."

찬우는 다행히 혜미 말을 믿는 눈치였다. 혜미는 이때를 놓치지 않고 화제를 돌렸다.

"근데 넌 괜찮아? 나보다 더 일찍 일어나서 나갔다며."

혜미의 물음에 찬우는 고개를 끄덕였다.

"나도 걱정했는데 의외로 힘이 넘쳤어. 진짜 잘 자고 일어난 느낌이야. 아픈 곳도 없고."

"너도 그랬구나! 난 나만 그런 줄 알았거든. 그래서 걱정했어."

"뭘?"

혜미는 아차 싶었다. 찬우 널 걱정했다고 말하는 건 완전 바보 같은 일일 뿐만 아니라 흑역사가 되어 두고두고 이불을 발로 차게 될 상황이었다. 혜미는 재빨리 머리를 굴려 다른 말을 꺼냈다.

"참! 이찬우, 넌 배 안 고파? 학원 가기 전까지 시간이 좀 있는데 떡볶이나 먹을래?"

떡볶이야 뭐 얼마든지 같이 먹을 수 있었다. 혜미가 생각하기에 떡볶이는 성별과 나이, 심지어는 인종까지 초월한 완벽한 음식이었다. 그러니 누구랑 먹어도 문제없는 메뉴가 바로 떡볶이였다.

"말은 고마운데……, 난 돈이 없어. 하하."

찬우는 그렇게 말하며 웃었는데 왠지 모르게 어른스러워 보이는 그 표정을 보자 혜미는 문득 울고 싶어졌다.

"야! 이찬우, 우리가 그래도 지나가는 학생 1과 2였잖아. 오늘 기절도 같이 했고. 이것도 다 인연이니까 떡볶이는 이 몸이 쏜다! 오케이?"

찬우는 망설이다가 이내 고개를 끄덕였다. 혜미는 실실 새어 나오는 웃음을 참으며 앞서 걸었다. 자주 가는 분식집까지는 몇 분도 걸리지 않았다. 그 길을 찬우와 함께 걷는 게 좋았다.

두 다리가 둥실둥실 뜨는 것 같았다. 혜미는 아차 싶어 한 발씩 신중하게 바닥을 밟았다. 그러면서 생각했다.

'혹시 내가 풍선처럼 변해 버린 건 아니겠지?'

동트기 전의 공기는 시원했다. 습도가 느껴지기도 했다. 어쩌면 비가 올지도 모른다. 며칠만 있으면 광민중학교 여름 축제가 시작되기 때문이다. 광민중학교에는 여름 축제 전에 꼭 비가 내린다는 전설 아닌 전설이 떠돌았다. 혜미는 딱히 하는 게 없었지만 그래도 축제를 한다는 것 자체가 설렜다. 친구나 후배들의 공연을 보는 것만으로도 즐거울 것 같았다.

그런 생각을 하며 혜미는 한 번 더 주위를 살폈다. 아무도 없었다. 월요일 새벽녘의 공원은 어둡고 조용했다. 미끄럼틀이며 운동 기구 같은 것들만 서 있었다.

그중에서 혜미는 제일 낮은 철봉을 선택했다. 아무리 낮다고 해도 혜미보다 컸다. 제자리에서 폴짝 뛰는 것조차 힘든 혜미에게는 거의 높은 벽과 같았다. 혜미는 나름 스트레칭을 하며 몸을 풀었다. 줄넘기도 다섯 개밖에 못 하는 혜미였지만 지금은 철봉을 뛰어넘어 볼 생각이었다.

과학실에서의 사고 이후 일주일이 흘렀다. 혜미에게는 그야말로 정신없는 일주일이었다. 영수 패거리는 찬우를 더 노골적으로 괴롭혔다. 아예 혜미까지 엮어서 둘이 과학실에서 뭘 하다가 사고를 쳤냐며 묻고는 자기들끼리 낄낄대며 웃었다. 그 일주일 사이에 찬우는 공식 은따에서 공식 왕따로 올라섰다. 찬우는 말 한마디 없이 영수의 괴롭힘에 당하고만 있었다. 표정은 점점 더 어두워져 혜미는 마음이 쓰였다.

그것과는 별개로 혜미는 자기 몸에 일어난 변화에 적응하지 못해 애를 먹었다. 그날, 몸이 둥실 떠서 찬우에게 갔던 것은 우연도 아니고 착각도 아니었다. 몸이 가벼워졌다고 느낀 것이 실은 이상한 능력 때문이라는 걸 알게 된 후 혜미는 혼란에 빠졌다.

혜미는, 자유자재로 점프를 할 수 있게 되었다.

조금이라도 방심했다가는 몸이 떠올라 천장에 머리를 부딪쳤다. 학교에서는 특히 더 조심했다. 자칫 발이라도 잘못 굴렀다가는 훌쩍 점프를 해 책상 위에 올라갈지도 모를 일이었다. 아니, 책상이 아니라 아예 교실 천장에 부딪힐 수도 있었다. 혜미는 자기 몸이 헬륨 가스를 잔뜩 넣은 풍선 같다고 생각했다. 끈을 놓아 버린다면 위로 위로, 한없이 위로 올라갈 것만 같았다.

한편으로는 자기가 얼마나 높게 점프를 할 수 있는지도 궁금했다. 그래서 새벽에 공원으로 나온 것이다.

혜미는 목표로 정한 낮은 철봉을 향해 천천히 달리다가 두 다리에 살짝 힘을 줬다. 그 순간 혜미의 몸이 붕 떠올랐다. 보이지 않는 계단이라도 밟듯 허공을 걷다시피 한 혜미는 여유롭게 철봉을 뛰어넘었다.

"이 정도면 훨씬 높게 뛸 수 있겠는데."

혜미는 그렇게 중얼거리며 주위를 둘러봤다. 제일 높은 철봉도 문제없을 것 같았다. 그렇다면 남은 건 미끄럼틀뿐이었다.

미끄럼틀은 높기도 하고 덩치가 크기도 했다. 이걸 뛰어넘으려면 다리에 힘을 많이 줘야 할 것 같았다.

혜미는 주먹을 불끈 쥐고 미끄럼틀을 바라봤다. 혹 다치면 어쩌나 하는 걱정이 스치고 지나갔지만 그때는 이미 미끄럼틀을 향해 달리고 있었다. 혜미는 몇 미터 앞에서 다리에 온 힘을 주고 점프했다. 그 순간 놀라운 일이 벌어졌다.

슈욱!

'붕'이 아니었다. 분명 바람을 가르는 '슈욱' 소리가 혜미의 귀를 스치고 지나갔다. 혜미는 미끄럼틀이 까마득하게 보일 정도로 높이 점프했다.

"으아!"

저절로 비명이 나왔다. 전봇대가 발밑으로 지나갔다. 지붕이 뾰족하게 솟은 단독 주택도 마찬가지였다. 혜미는 허공에서 발버둥을 치다가 사뿐히 내려앉았다. 5층짜리 빌라 옥상에. 처음에는 당황해서 어쩔 줄 몰라 하던 혜미의 얼굴에 서서히 미소가 번졌다. 이제는 확실히 알 수 있었다. 초능력을 가지게 됐다는 걸. 이 능력만 있다면 세상에 뛰어넘지 못할 장애물은 아무것도 없을 것 같았다.

새벽에 일어난 탓에 졸리기는 했지만 학교로 향하는 혜미의 발걸음은 가벼웠다. 혜미 머릿속에는 자신의 능력으로 뭘 할 수 있을까 하는 생각이 가득했다. 높이뛰기 선수를 하면 금메달은 문제도 아니었다. 마술사처럼 쇼를 보여 주고 큰돈을 벌 수도 있을 것 같았다. 혹시 연예인이 될 수는 없을까? 꼭 아이돌이 아니어도 예능 같은 데 나가면 멋지고 신기한 모습을 보여 줄 수 있을 텐데.

혜미가 싱글거리며 학교로 향하고 있을 때 누군가가 옆으로 슬쩍 다가왔다. 돌아보니 찬우였다. 혜미 얼굴이 금세 빨개졌다.

"점심시간 때 옥상에서 보자."

찬우는 그 말만 남기고 먼저 걸어가 버렸다.

찬우가 무슨 말을 하려는 거지?

혜미 심장이 괜스레 빨리 뛰었다. 그 탓에 하마터면 점프를 할 뻔했다. 몸이 둥실 떠오르는 걸 깨닫고 재빨리 균형을 잡지 않았더라면 분명 전교생의 눈길을 받으며 학교 옥상에 올랐을 것이다.

혜미는 조심조심 한 발씩 움직이며 무사히 교실로 들어갔다. 그때였다. 퍽, 하는 소리가 들렸다. 뒤이어 교실 바닥에 나동그라지는 찬우의 모습이 보였다. 혜미는 깜짝 놀라 그 자리에 얼어붙었다.

"야! 이찬우, 오늘은 건방지게 인사도 안 하네? 응?"

김영수가 싱글싱글 웃으며 쓰러진 찬우에게 다가갔다.

"미, 미안."

"안 그래도 내가 오늘 기분이 나쁘거든. 야! 저 새끼 좀 잡아 봐."

영수의 말이 떨어지자마자 패거리들이 찬우를 일으켜 움직이지 못하게 단단히 붙잡았다.

"그만해. 부탁이야. 미안하다고 했잖아."

찬우가 말했지만 영수는 들은 척도 하지 않았다.

"내가 말이야, 교실에 들어올 때마다 완전 구린 냄새를 맡거든. 첨엔 애들 땀 냄새라 생각했는데 그게 아니었어. 바로 너한테서 나는 냄새야. 어우, 이 냄새. 너, 안 씻고 오지? 너희 집 물 안 나와서 못 씻는 거지?"

"아니야!"

찬우가 소리를 지른 바로 그 순간, 복도 쪽으로 나 있는 유리창 하나가 저절로 깨졌다. 놀란 아이들 몇 명이 비명을 질렀고 복도에 있던 다른 반 애들도 무슨 일인가 싶어 기웃거리기 시작했다.

영수는 살짝 난감한 표정을 짓더니 애들에게 눈짓을 보냈다. 그러자 패거리들도 찬우를 놓아줬다.

"이 새끼, 너, 운 좋은 줄 알아."

김영수는 아무 일도 없었다는 듯 낄낄 웃으며 패거리들과 농담을 했다. 그때까지 가만히 서서 지켜보고 있던 혜미는 참을 수 없는 분노를 느꼈다.

찬우는 자기 자리로 가 뚫어지게 책상을 노려보고 있었다. 혜미는 그 눈빛 속에서 하나의 감정만 읽을 수 있었다. 그것은 분노였다.

점심시간까지 길고 지루한 수업이 이어졌다. 혜미는 수업을 들으면서도 힐끔힐끔 고개를 돌려 찬우의 상태를 살폈다. 찬우는 무언가를 골똘히 생각하는 것 같았다. 그 모습을 보자 이유도 없이 불안한 마음이 들었다.

찬우는 점심시간이 되자마자 급식도 먹지 않고 교실을 나갔다. 혜미 역시 벌떡 일어났다.

"야! 너, 어디 가? 밥 먹어야지."

소민이 말했다.

"어어, 나 오늘부터 다이어트야."

혜미는 아무렇게나 둘러대고는 교실을 빠져나와 옥상으로 향했다. 찬우는 그때처럼 난간에 붙어 서서 하늘을 보고 있었다.

"왔구나."

찬우가 고개를 돌리며 말했다.

"너, 괜찮아?"

혜미가 물었다.

찬우는 고개를 가로저었다. 아주 슬픈 눈빛을 하고서.

"근데 무슨 일이야? 왜 옥상에서 보자고 한 거야?"

혜미가 묻자 그제야 찬우의 눈이 빛났다.

"보여 주고 싶은 게 있어서 그래. 날 잘 봐."

찬우는 그 말을 한 뒤 주위를 두리번거리다가 옥상 환풍기를 향해 양손을 뻗었다. 환풍기는 빠르게 돌아가고 있었다. 혜미는 찬우와 환풍기를 번갈아 바라봤다. 찬우의 눈빛이 진지하게 변했다. 순간, 찬우가 손에 힘을 주는가 싶더니 정신없이 돌아가던 환풍기가 딱 멈췄다. 바람은 여전히 불고 있었다.

"어?"

혜미는 놀라서 환풍기를 향해 다가갔다.

"또 있어."

찬우는 개구쟁이처럼 씩 웃더니 손에 한 번 더 힘을 줬다. 이번에는 환풍기가 돌아가기 시작했다. 아까와는 반대 방향으로, 그것도 훨씬 더 빠르게.

"어떻게 한 거야?"

혜미가 눈을 동그랗게 뜨고 물어봤다.

"끝이 아니야!"

찬우는 환풍기를 노려보며 양손을 꽉 쥐었다. 그 순간 날카롭고 거슬리는 소리를 내며 환풍기가 찌그러지기 시작했다. 혜미는 너무 놀라 멍하니 보고만 있었다. 찬우가 몇 번 더 주먹을 쥐자 환풍기는 종잇장처럼 구겨져 형체를 알아볼 수 없을 정도가 됐다.

찬우는 만족스럽다는 듯 고개를 끄덕이며 혜미를 쳐다봤다.

"와! 이, 이게 어떻게……."

혜미는 말을 잇지 못했다. 찬우 역시 자기처럼 어떤 능력을 가지게 됐을 거라고는 상상도 안 해 봤다. 뭐든 훌쩍 뛰어넘을 수 있는 자신의 능력에만 정신이 팔려 있었다.

"과학실에서 쓰러진 후부터 이런 힘이 생겼어."

찬우가 말했다.

혜미는 말없이 고개를 끄덕였다.

"손 안 대고 물건을 움직일 수 있어. 처음엔 지우개를 살짝 움직이는 정도였는데 계속 연습을 하니까 점점 힘이 강해져. 인터넷에서 찾아보니까 이걸 염력이라고 하더라."

"염력……."

혜미도 들어 본 적이 있었다. 영화에서 봤던 것 같기도 했다.

"이 힘을 가지고 뭘 하면 좋을까?"

찬우가 물었다. 아침의 그 어두운 표정은 사라지고 얼굴에 희망의 빛이 떠올라 있었다. 그 모습을 보자 혜미까지 덩달아 기분이 좋아졌다.

"진짜 신기한 거니까 엄청 대단한 일을 할 수 있지 않을까?"

혜미의 말에 찬우는 히죽 웃었다.

"방송국에 가 볼까? 유명한 방송에 나가면 돈 많이 주겠지? 내가 돈을 엄청 벌면 우리 아빠 수술도 할 수 있고, 엄마가 힘들게 일하지 않아도 될 텐데. 그럼 우리 집도 옛날처럼 행복해질 수 있을 거야. 어디에 나가면 좋을까? 응? 네 생각은 어때?"

찬우가 이렇게 밝은 얼굴로 말을 많이 하는 걸 본 적이 없었다. 혜미는 자기도 모르게 웃었다. 그냥 괜스레 웃음이 나왔다.

"뭐야? 왜 웃어?"

"네가 좋아하니까 나도 좋아서."

혜미는 그렇게 말해 놓고 바로 후회했다. 엉겁결에 본심이 튀어나왔다. 얼굴이 화끈 달아올랐다. 찬우는 멍하니 있다가 슬쩍 딴 곳을 바라봤다. 둘 사이에 침묵이 흘렀다. 혜미는 시간을 되돌리고 싶었다. 점프 같은 쓸데없는 능력이 아니라 시간을 마음대로 조종할 수 있었다면 당장 몇 분 뒤로 돌아가 멍청한 자기 입을 막았을 텐데…….

"그, 그럼 이만 내려갈까? 점심도 먹어야 하니까."

찬우가 먼저 일어나며 말했다.

"그래!"

혜미는 곧바로 대답했다. 이 순간을 벗어날 수만 있다면 뭐든 할 수 있었다. 한편으로 혜미는 심장이 콩닥거리는 이 감정을 조금 더 느끼고 싶기도 했다.

그때였다. 2반 반장인 수미가 헐레벌떡 옥상으로 뛰어 들어왔다. 혜미와 찬우는 그 자리에 서서 수미를 바라봤다.

"이찬우, 담임이 너 찾아. 아버지가…… 아버지가 돌아가셨대."

시간은 아주 천천히 흘러갔다. 적어도 혜미가 느끼기에는 그랬다. 그날, 찬우는 얼굴이 하얗게 질려서 조퇴를 했다. 담임은 찬우 아버지가 돌아가셨다고 말했지만 관심을 보이는 애들은 아무도 없었다. 모두 목요일에 시작하는 여름 축제 이야기만 했다.

화요일에는 비가 내렸다. 비는 수요일까지 쭉 이어졌다. 애들은 역시 그럴 줄 알았다며 학교 전설에 대해 이러쿵저러쿵 말들을 했다.

찬우는 언제 등교하는 걸까?

혜미 머릿속에는 그 생각밖에 없었다. 담임에게 물어볼까 하다가 참았다. 담임은 뭐든 꼬치꼬치 캐묻는 스타일이었다. 그러면서도 누가 괴롭힘을 당하고, 누가 그걸 주도하는지에 대해서는 이상할 정도로 관심이 없었다.

목요일, 축제날이 되었다. 다행히 비는 그쳤지만 하늘에는 여전히 먹구름이 드리워 있었다. 여름 축제에는 사복을 입는 게 허락됐다. 혜미도 엄마를 조르고 졸라 새로 산 예쁜 티셔츠와 청바지를 입고 학교에 갔다.

모두 들뜬 표정이었다. 축제는 점심을 먹고 오후부터 시작이었다. 강당에 전교생이 모여 공연을 관람하는 게 첫 번째 순서였다.

"야! 나 어떠냐?"

김영수는 자기 패거리들에게 새로 산 옷을 자랑하기에 바빴다. 영수는 축제에서 노래를 부르기로 했다. 그것 때문인지 살짝 염색을 한 것도 같았다. 혜미는 조용히 자리에 앉았다.

"오! 너, 티 예쁜데!"

"고마워. 너도 그 색깔 완전 잘 어울린다!"

소민이 칭찬을 해 줘서 혜미는 기분이 조금 좋아졌다. 애들은 삼삼오오 모여서 축제에 대해 떠드느라 정신이 없었다.

"어휴, 나도 축제 전에 남친이나 만들어 놓을걸. 남친 있는 애들은 다 장미꽃 받았대."

소민은 엎드려서 한숨을 푹푹 쉬었다.

그때였다. 교실 앞문이 열리며 찬우가 들어왔다. 혜미는 너무 반가워 자기도 모르게 일어났다. 그 순간 김영수의 큰 목소리가 교실에 울려 퍼졌다.

"어? 냄새나는 새끼가 돌아왔네!"

찬우는 아무 말 없이 자기 자리로 갔다. 영수는 그런 찬우에게 다가가며 또 크게 말했다.

"야! 애 좀 봐. 혼자 교복이야, 교복. 어이, 냄새, 넌 옷도 없어? 응?"

교복을 입고 온 찬우는 금방이라도 울 것 같은 표정으로 고개를 푹 숙였다.

"너네 아빠는 아들 옷도 하나 안 사 주고 죽었나 봐! 크크!"

찬우가 벌떡 일어났다. 의자가 뒤로 넘어가며 큰 소리가 났다.

반 아이들의 시선이 모두 두 사람에게 쏠렸다.

"어쭈? 반항하는 거야? 응?"

영수가 찬우의 멱살을 잡았다. 그러고는 나머지 손으로 찬우의 머리를 툭툭 건드렸다.

'그만해!'

혜미는 당장에라도 소리를 지르고 싶었다. 하지만 입이 열리지 않았다. 아니, 용기가 나지 않았다. 혜미는 그저 주먹을 꽉 쥘 수밖에 없었다.

"하아, 이 새끼, 이젠 날 노려보네!"

영수가 찬우의 뺨을 후려치려는 순간, 담임이 문을 열고 들어왔다.

"뭐 하는 거야?"

담임은 당황한 표정으로 소리쳤다. 공기가 얼어붙었다. 아이들은 담임의 눈치를 살피며 조용히 자기 자리에 앉았다.

"김영수, 너 뭐 하고 있어?"

담임이 영수를 향해 물었다.

"아! 장난치고 있었어요. 헤헤. 제가 또 찬우랑 되게 친하거든요."

영수는 찬우의 멱살을 슬그머니 놓으며 거짓말을 했다. 혜미는 재빨리 손을 들었다. 지금이야말로 담임에게 제대로 알릴 순간이었다. 담임은 혜미와 눈이 마주쳤다.

"저……."

"아무리 장난이라도 조심해야지. 빨리 자리에 앉아."

혜미가 말을 꺼내기도 전에 담임이 재빨리 이야기를 한 후 교탁으로 향했다. 혜미는 입을 다물지 못하고 서 있다가 소민이 잡아당기는 바람에 자리에 앉았다. 담임은 아무 일도 없었다는 듯 웃으며 말을 했다.

"오늘은 즐거운 축제다. 모두……."

쾅!

갑자기 들려온 소리에 모두 화들짝 놀랐다. 혜미가 뒤를 돌아보니 찬우 의자가 학급 게시판에 부딪친 뒤 바닥에 떨어져 있었다. 게시판에 금이 가 있었다.

"이찬우! 너, 뭐 하는 짓이야?"

담임이 버럭 소리를 질렀다. 찬우는 대꾸도 하지 않고 뒷문을 열고 밖으로 나가 버렸다. 아무도 손을 대지 않았는데 뒷문이 탕, 하고 혼자 닫혔다.

"저, 저놈이!"

담임은 크게 화를 냈다. 그런 담임을 향해 혜미는 이렇게 말해 주고 싶었다.

화는 아까 내셨어야죠.

그대로 집으로 가 버렸는지 찬우는 돌아오지 않았다. 혜미는 신경이 쓰여 계속 복도 쪽을 바라봤다. 그사이 오전 시간이 훌쩍 지나고 어느덧 축제가 시작됐다. 속상한 마음을 달래지 못한 혜미는 그저 집에 가고만 싶었다. 전교생이 강당에 모일 때도 마찬가지였다. 전혀 신나지 않았다.

"광민중학교의 여름 축제를 시작하겠습니다!"

사회자가 등장해 그렇게 외치자 전교생이 한마음으로 박수를 쳤다. 조명이 현란하게 움직였다. 이어서 공연이 펼쳐졌다. 선생님들이 나와 썰렁한 콩트를 해도 아이들은 열심히 박수를 쳤다. 태권도부는 멋진 격파 시범을 보여 줬고, 2학년 여학생들은 걸그룹처럼 꾸미고 신나게 춤을 췄다.

드디어 김영수 차례가 됐다. 영수가 속한 밴드가 소개되자마자 열띤 환호성이 울려 퍼졌다. 드럼과 기타가 속속 들어왔고 주인공인 영수는 제일 마지막에 등장했다. 박수 소리가 멈추지 않을 정도로 계속됐다. 영수는 진짜 연예인이 되기라도 한 것처럼 손을 흔들며 자신만의 시간을 즐겼다.

"그럼 노래 시작하겠습니다."

박수가 잦아들기를 기다린 영수가 마이크에 대고 그렇게 말했을 때였다.

둥둥둥!

뜬금없이 드럼 소리가 들렸다. 영수는 뒤를 돌아봤다. 드럼에 앉아 있던 애는 자기가 친 게 아니라며 두 손을 펼쳐 보였다. 그게 끝이 아니었다.

지이잉!

이번에는 전자 기타가 저 혼자 소리를 냈다. 기타를 메고 있던 애가 놀란 표정으로 영수를 바라봤다. 그쯤 되자 객석의 애들과 선생님들도 술렁거렸다. 혜미의 심장도 뛰기 시작했다. 무슨 일이 벌어질지도 모른다는 나쁜 예감이 혜미의 머릿속을 가득 채웠다.

"이거 장난이지? 누가 몰카 찍는 거지?"

영수는 여유로운 표정을 지어 보이며 마이크에 대고 물었다. 돌아온 대답은 누군가 걷어차기라도 한 듯 무대 밖으로 떨어져 나간 마이크가 대신했다.

"꺄악!"

여학생들이 비명을 질렀다.

영수의 얼굴은 그제야 딱딱하게 굳었다. 전교생의 눈이 무대 위에 고정됐다.

"어어!"

드럼이 저 혼자 허공에 떠올랐다. 그러고는 신나게 소리를 냈다.

둥둥둥!

쿵쿵쿵!

징징징!

아무도 그 드럼에서 눈을 떼지 못했다. 한동안 소리를 내던 드럼이 갑자기 확 찌그러졌다. 우지직 소리가 크게 울려 퍼졌다.

"뭐, 뭐야?"

영수가 당황한 목소리로 외쳤다. 허공에서 완전히 찌그러져 아예 둥근 모양으로 뭉쳐진 드럼이 영수를 향해 날아갔다.

"으악!"

영수는 비명을 지르며 겨우 피했다.

"무슨 짓이야?"

"누가 이러는 거야?"

상황이 심각하게 흘러가자 선생님들 몇 명이 무대 위로 올라갔다. 애들은 무서워하면서도 핸드폰을 꺼내 촬영하는 걸 잊지 않았다. 담임이 넘어진 영수를 일으켜 세웠다. 바로 그때 무대 뒤쪽 커튼이 혼자서 말려 올라갔다. 그 사이로 누군가가 걸어 나왔다.

"아!"

혜미는 걸어 나오는 사람을 보며 그런 소리를 냈다.

찬우였다.

찬우가 양손을 앞으로 내밀고는 얼굴을 잔뜩 찡그린 채 무대 중앙까지 나왔다.

"뭐야?"

"쟨 누구야?"

여기저기서 웅성대기 시작했다. 몇몇 애들이 핸드폰을 들고 무대 앞으로 우르르 달려갔다.

"야! 이찬우, 이거 네가 이런 거야?"

담임이 그렇게 소리치며 찬우를 향해 다가갔다. 그 순간 찬우가 한 손을 휘둘렀다.

"악!"

담임은 외마디 비명을 지르며 무대 반대편으로 날아가 바닥에 나뒹굴었다. 찬우는 땀을 뻘뻘 흘리고 있었다. 숨을 가쁘게 몰아쉬는 게 멀리서도 똑똑히 보였다.

"쟤 뭐야? 빨리 잡아!"

"경찰 불러!"

다른 선생님들도 우르르 무대 위로 올라갔다. 그사이 찬우는 팔을 위로 쭉 뻗었다. 동시에 영수가 보이지 않는 손에 멱살을 잡힌 채 허공에 떴다.

"사, 살려……."

영수는 퍼렇게 변한 얼굴로 발버둥을 쳤다. 찬우는 팔을 더 높이 올리며 홱 비틀었다. 영수의 목이 조금씩 돌아가기 시작했다.

"안 돼!"

혜미가 소리치며 무대로 달려가려던 그때, 선생님 여럿이 동시에 찬우를 덮쳤다. 찬우는 선생님들을 향해 양손을 뻗었다. 그러자 영수가 쿵 소리를 내며 떨어졌다. 찬우의 위협에 선생님들이 주춤했다.

"으아아아!"

찬우는 소리를 질렀다. 혜미에게는 그 소리가 꼭 절규처럼 들렸다. 강당에 깔려 있던 의자들이 제멋대로 들썩이더니 공중으로 휙 떠올랐다.

"으악!"

"도망가!"

누군가는 비명을 질렀고 누군가는 다급하게 외쳤다.

그 말이 떨어지기가 무섭게 애들이 문으로 달려갔다. 넘어지고 부딪치고 어딘가에 걸려 쓰러지고…… 그야말로 아비규환이었다. 둥실 떠오른 의자는 무대 위로 날아갔다. 선생님들은 다행히 제때 바닥에 엎드렸고 의자는 무대 뒤쪽 벽에 요란한 소리를 내며 부딪쳤다. 무대로 가려던 혜미는 인파에 떠밀려 밖으로 나갈 수밖에 없었다.

때마침 경찰차 석 대가 운동장으로 달려 들어왔다. 경광등을 번쩍이며, 사이렌을 요란하게 울리며.

겨우 강당을 빠져나온 애들은 계단을 내려가 운동장에 모여 섰다. 혜미는 어떻게 해서든 다시 안으로 들어가려 했다. 찬우를 말려야 한다. 머릿속에 그 생각밖에 없었다. 경찰들이 우르르 달려와 계단을 올라갔다. 그중 한 명이 애들에게 멀찌감치 물러서라고 소리쳤다. 나머지 경찰들은 강당 안으로 들어가려 했다.

그 순간이었다. 강당 창문이 요란한 소리를 내며 동시에 모두 깨졌다.

"꺄악!"

애들 사이에서 다시 비명이 터져 나왔다. 경찰들도 잔뜩 긴장한 표정으로 허리를 숙였다. 곧이어 강당 문이 우지끈 소리를 내며 구겨졌고, 무대에 올랐던 선생님들이 일제히 밖으로 밀려 나와 바닥에 나뒹굴었다.

"괜찮습니까?"

경찰이 담임을 향해 물었다.

"괴물입니다! 괴물이에요!"

담임이 겁에 질린 목소리로 외치고는 운동장까지 한달음에 도망쳐 내려왔다. 다른 선생님들도 마찬가지였다. 구겨진 강당 문이 아예 뜯겨 나가 저만치 화단 쪽으로 날아갔다. 경찰들은 약속이라도 한 듯 동시에 권총을 빼 들었다. 애들이 다시 술렁이기 시작했다. 호기심에 핸드폰을 들이대는 아이, 놀라서 훌쩍이는 아이, 어딘가로 전화를 거는 아이, 찬우에게 욕을 하는 아이까지 운동장은 온갖 소음으로 가득 찼다.

아까처럼 허공에 매달린 채 버둥거리는 영수가 모습을 드러냈다. 뒤이어 찬우가 강당 안에서 걸어 나왔다.

"저놈이에요!"

담임이 맨 먼저 소리치며 찬우를 가리켰다.

찬우는 땀을 비 오듯 쏟아 내고 있었다. 그것만이 아니었다. 잔뜩 찡그린 얼굴은 하얗게 질렸고 한쪽 코에서 피가 흘러나왔다. 한 걸음씩 옮길 때마다 찬우는 비틀거렸다. 혜미는 울고 있었다. 하염없이 눈물이 나왔다.

"움직이지 마!"

경찰들이 찬우에게 권총을 들이대며 외쳤다.

"저 애 빨리 놓아줘! 안 그러면 발포하겠다!"

찬우가 크게 휘청거렸다. 그 바람에 영수가 풀려났다. 바닥에 떨어진 영수는 캑캑거리면서도 기다시피 해 경찰 쪽으로 도망쳤다.

"으아아아!"

찬우는 다시 소리를 질렀다. 이번에는 아무 일도 일어나지 않았다. 그저 화단의 나무들이 크게 휘었다가 제자리를 찾았을 뿐이었다. 찬우는 무릎에 손을 짚고 숨을 몰아쉬었다. 경찰들이 그런 찬우를 향해 조심스레 다가갔다. 다시 손을 뻗으려는 순간 뒤쪽에서 경찰 두 명이 달려들어 찬우를 덮쳤다.

"놔!"

찬우는 경찰에게 깔린 채로 발버둥 쳤다. 그것도 잠시, 다른 경찰들까지 가세해 아예 움직이지 못할 정도가 되자 찬우는 이내 축 늘어졌다.

혜미는 찬우가 경찰들에게 끌려가는 모습을 보며 입술을 깨물었다. 경찰차에 오르기 전 찬우는 딱 한 번 운동장 쪽으로 고개를 돌렸다. 멀리 떨어져 있었지만 혜미는 똑똑히 봤다. 빨갛게 충혈된 찬우의 눈이 흔들리는 것을. 금방이라도 깨질 것처럼 그렇게…….

그날 밤부터 인터넷에서는 난리가 났다. 찬우가 폭주하는 장면이 유튜브는 물론이고 각종 커뮤니티와 SNS를 통해 퍼지기 시작한 것이다.

혜미는 자기 방에 틀어박혀 몇 초 간격으로 올라오는 온갖 기사와 동영상, 그리고 거기 달리는 댓글을 확인했다.

합성 아니냐, 진짜 무섭다, 주작 같은데, 쟤 인성 쓰레기네 같은 댓글만 가득할 뿐 그 어디에도 찬우가 왜 그런 행동을 했는지에 대해 궁금해하는 사람은 없었다. 혜미는 경찰에게 잡혀간 찬우가 어떻게 됐는지 알고 싶었지만 아무 이야기도 나오지 않았다.

혜미는 마지막으로 봤던 찬우의 눈빛을 떠올렸다. 모든 걸 체념한 것 같던 그 눈빛이 잊히지 않았다. 가슴이 아렸다. 혜미는 소리를 죽여 조금 울었다. 찬우는 중학생이니까 큰 벌을 받지는 않을 테지만 아마 학교로 돌아오지는 못할 것이다.

그런 생각까지 하며 울다가 핸드폰을 보다가, 또 울다가 핸드폰 보기를 반복하고 있을 때 '속보'라는 단어가 눈에 들어왔다.

(속보) 초능력 소년, 탈출하다

심장이 쿵 내려앉았다. 혜미는 재빨리 기사를 확인했다. 내용은 몇 줄밖에 없었다. 초능력 소년으로 알려진 이 모 군이 탈출해 경찰에게 쫓기는 상황이고 그 과정에서 부상자가 나왔다는 게 전부였다.

혜미는 얼른 거실로 나갔다. 마침 엄마가 소파에 앉아 드라마를 보고 있었다.

"엄마, 잠깐 뉴스 좀 보자."

혜미는 리모컨을 들고는 맘대로 채널을 돌렸다.

"얘가 왜 이래? 지금 막 중요한 장면 나올 건데!"

엄마 말은 무시한 채 계속 채널을 바꿨다. 그러다가 뉴스를 찾았다. 마침 화면 아래로 '중학생 소년, 광란의 탈주극'이라는 자막이 떠 있었다.

"저거다."

혜미는 자기도 모르게 중얼거렸다.

기자는 낯익은 배경 앞에 서서 다급한 목소리로 떠들고 있었다.

"어머, 저기 너희 학교 아니니? 아까 안 좋은 일 있었다고 하더니만……."

"조용히 좀 해 봐."

혜미는 기자의 말에 귀를 기울였다.

"…… SNS에서 이른바 초능력 소년으로 화제를 모은 이 모 군이 자신의 학교 옥상에서 경찰과 대치 중인 상황입니다. 이 과정에서 경찰이 부상을 입기도 했다는데요, 경찰은 이 모 군을 위험 인물이라 판단하고 그에 맞는 대처를……."

혜미는 리모컨을 던지듯 내려놓고는 현관으로 달려갔다.

"이 밤에 어디 가? 혜미야!"

엄마 목소리가 들렸지만 뒤도 돌아보지 않았다. 밖으로 나온 혜미는 숨을 한 번 가다듬었다. 그런 뒤 다리에 힘을 주고 땅을 박찼다.

붕!

혜미는 점프했다. 전봇대를 훌쩍 넘고 아파트 옥상과 옥상을 오가며 학교로 향했다. 바람이 혜미의 머리카락을 헝클어뜨렸다. 심장이 두근거렸다. 늦지 않아야 한다. 그 생각에 혜미는 더 높이, 더 멀리 점프했다. 컹컹. 혜미를 보고 놀란 개 한 마리가 크게 짖었다.

저만치 학교가 보였다. 학교 주위는 대낮처럼 환했다. 혜미는 단숨에 학교 옥상으로 가려고 가장 높은 건물에서 힘껏 뛰어올랐다.

허공에 뜨자 학교에서 어떤 일이 벌어지는지 똑똑히 보였다. 운동장에는 경찰차와 구급차가 여러 대 서 있었다. 방송국에서 나온 차도 보였다. 큼지막한 조명이 옥상을 향해 눈을 부라리고 있었다.

옥상 한구석에 찬우가 서 있었다. 찬우는 숨을 몰아쉬었다. 덩치 큰 경찰들이 찬우를 향해 다가가는 중이었다. 금방이라도 찬우를 덮칠 것 같았다.

"다 싫어! 다 지긋지긋해!"

찬우의 메마른 목소리가 밤하늘에 울려 퍼졌다.

"찬우야!"

혜미는 하늘에서 내려와 찬우 앞에 착지했다.

"어어!"

갑자기 나타난 혜미를 보며 경찰들은 깜짝 놀랐다.

혜미는 찬우를 부축하고는 조용히 속삭였다.

"걱정하지 마. 날 꼭 잡아."

혜미는 높은 하늘을 한 번 바라본 후 다리에 힘을 줬다. 그러고는 땅을 박차고, 중력을 거스르며 점프했다.

슝!

옥상은 물론이고 지상에 있던 모든 사람 역시 그 소리를 똑똑히 들었다. 마치 로켓이 하늘로 치솟는 소리 같았다.

혜미는 찬우를 안고 높이 솟아올라 빨간색 애드벌룬 위에 살짝 착지했다. 애드벌룬은 의외로 단단해 균형을 잡기 쉬웠다. 혜미는 찬우가 학교 옥상으로 도망친 이유를 왠지 알 것 같았다. 찬우는 마지막 순간이 오기 전에 한 번 더 애드벌룬을 보고 싶었던 게 틀림없다.

"너, 너, 어떻게?"

찬우가 힘 빠진 목소리로 물었다.

"나도 과학실에서."

혜미는 그렇게 대답한 후 찬우를 꼭 안고 다시 다리를 굴렀다. 이번에도 높게 점프를 한 혜미는 아파트 옥상에 오르고, 교회 첨탑에 오르고, 빌딩 맨 꼭대기에 올랐다. 여름 바람이 두 사람을 스치고 지나갔다. 찬우는 울고 있었다. 혜미는 찬우를 더 꽉 끌어안았다.

슝!

혜미는 점프를 할수록 힘이 넘치는 걸 느꼈다. 이대로라면 모든 걸 뛰어넘을 것 같았다. 몸이 새털처럼 가벼웠다. 찬우는 이제 조용히 눈을 감고 있었다. 미동도 없이, 아무 말도 없이. 혜미는 계속 점프했다. 아주 멀리, 아주 높이, 밤하늘에 웅장하게 뻗어 있는 구름을 넘어서 아무런 걱정과 근심도 없는 곳을 향해 뛰어올랐다.

둥글고 커다란 달을 스치며 혜미는 생각했다. 저 달까지 점프할 수도 있겠다고. 그러는 동안 찬우의 눈물도, 자신의 눈물도 잦아들 거라고, 혜미는 생각했다.

슈퍼맨보다 스파이더맨을 좋아하는 이유는 피터 파커에게 초능력이 더 필요해 보였기 때문입니다. 태어날 때부터 뛰어난 능력을 지닌 슈퍼맨, 클라크 켄트는 지구를 구하느라 늘 바쁘지만 초능력이 없어도 잘살 만큼 능력이 뛰어납니다. 잘생긴 외모는 또 어떻고요. 반면 숙모와 함께 사는 가난한 소년 피터 파커는 초능력 거미 인간이 되고서야 비로소 자신의 삶도 쓸모 있다는 사실을 깨닫습니다.

멋지고 뛰어난 인물 대신 평범하다 못해 괴롭힘까지 당하는 〈소녀, 점프〉 속 두 주인공에게 초능력을 준 건 바로 그런 이유 때문입니다. 스파이더맨이 되고서도 피자 배달을 해야 했던 피터 파커처럼 찬우와 혜미 역시 지루한 일상으로 돌아가게 될지 모릅니다. 그럼에도 마음껏 염력을 썼던 그 순간만큼은, 그리고 저 높이 하늘을 날았던 그 순간만큼은 행복했기를 바라는 마음으로 이 작품을 썼습니다.

둘은 무사했을까요? 전 그랬을 거라 생각합니다.

언제나 여러분의 초능력을 응원합니다.

어쩌다 초능력

초판 1쇄	2021년 10월 22일
초판 2쇄	2022년 5월 27일

지은이	김이환, 박한선, 정해연, 정명섭, 전건우

책임편집	심상진, 이슬
마케팅	강백산, 강지연
디자인	이정화

펴낸이	이재일
펴낸곳	토토북
주소	04034 서울시 마포구 양화로11길 18, 3층 (서교동, 원오빌딩)
전화	02-332-6255
팩스	02-332-6286
홈페이지	www.totobook.com
전자우편	totobooks@hanmail.net
출판등록	2002년 5월 30일 제10-2394호
ISBN	978-89-6496-458-3 43810